培育文化

培育文化

跟阿嬤一起上學的小女孩

林蔚貞◎著

國家圖書館出版品預行編目資料

跟阿嬤一起上學的小女孩/ 林蔚貞著. -- 初版. --
臺北縣汐止市；培育文化，民99.06
面：　　公分. --（勵志學堂：5）

ISBN 978-986-6439-29-2（平裝）

859.6　　　　　99005585

書　　名 ◎ 跟阿嬤一起上學的小女孩
作　　者 ◎ 林蔚貞
責任編輯 ◎ 王文馨
出 版 者 ◎ 培育文化事業有限公司
社　　址 ◎ 221台北縣汐止市大同路三段194號9樓之1
電　　話 ◎ (02)8647-3663
傳　　真 ◎ (02)8647-3660
印　　刷 ◎ 普林特斯資訊股份有限公司
總 經 銷 ◎ 永續圖書有限公司
地　　址 ◎ 221台北縣汐止市大同路三段194號9樓之1
電　　話 ◎ (02)8647-3663
傳　　真 ◎ (02)8647-3660
網　　址 ◎ www.foreverbooks.com.tw
電子郵件 ◎ yungjiuh@ms45.hinet.net
法律顧問 ◎ 中天國際法律事務所　涂成樞律師
周金成律師
初版日期 ◎ 2010年6月

作者序言

最近周遭有個女性朋友，想要幫忙家計，開始外出上班。

她那讀小學高年級的兒子，因為爸爸、媽媽下班總是拖到比較晚，下午四點多就在家的小孩，根本一點功課都不寫，就是打開電視、睡覺、吃零食、玩電動，非常「放縱」自己。

「然後等到晚上很晚了，才在那裡趕功課，趕到胡亂寫！」她的媽媽對於兒子的功課，簡直到了頭痛的地步。

每天為了兒子的功課，上班已經很累的她，還要用「吼」的去叫兒子寫功課，母子兩個為了寫作業搞到劍拔弩張的地步。

「他也這麼大了，難道就不能體諒一下我們這些做父母的嗎？」

後來，席間有位朋友，她正好分享到剛閱讀的一篇文章，她是說小孩本來就不是天生喜歡寫功課，通常是因為有個愛的人在他身邊，才會為了那個人去寫作業。

所以有人陪的孩子，功課也寫得比較起勁。她說那個孩子不是在找麻煩，而是在討愛。

「人是需要人陪的！」

故事裡頭的阿嬤，也是如此。

表面上看起來，是阿嬤在照顧肌無力症的孫女，但是事實上，阿嬤也因為孫女才有了活下去的力量。

願每個讀者在讀完這個故事後，都能夠發現，自己是個重要的人。

對某個人或某些人來說，我們的存在，都鼓勵了他們、好好的繼續活下去。

目次

01

基金會裡的美麗女生

最近到一個兒童基金會當編輯義工。

這個基金會正好在做一本特刊，要把以前出版的刊物整理出來，做個二十年的總彙整。

在一堆的資料當中，有一篇報導深深吸引著我。

「受助兒童公主畫風大受好評！」

「這個故事真讓人感動！」我跟基金會的工作人員周小姐提及這件事。

「這個孩子妳看過啊！林小姐。」周小姐說道。

「有嗎？」我驚訝的反問。

「是的，這個孩子也是我們的編輯義工，她讀的是新聞系，會幫我們去採訪，也會幫忙美編的工作。」周小姐解釋著。

「就是那個叫做美麗，又真的很美麗的女生嗎？就是她嗎？」我突然恍然大悟的想了起來。

「是啊，是啊，就是那位美麗女生。」周小姐笑著回答。

「可是……」我有點疑惑狀。

「怎麼了？有什麼問題嗎？」周小姐問道。

「這篇報導中，這個小女孩患有肌無力症，坐在輪椅上啊？可是我看到的美麗女生，走路走得好好的啊！」

「嗯……這有個很長的故事。」

「而且這個女生當初引起我注意，除了她真的長得很漂亮外，還有一點，讓我覺得很奇怪……」我笑著說。

「什麼事？」周小姐反問。

「那個女生老是穿著長袖，大熱天也是這樣。」我不解的問道。

「嗯……這也有個很長的故事。」

「她年紀多大啊？有這麼多的故事？」我好奇的問著周小姐。

「大學剛畢業沒多久。」

「才二十出頭而已啊！就有那麼多的故事，妳可以跟我說她的故事嗎？」我用乞求的眼神看著周小姐。

「不要那樣看我，不要像個可憐的小狗那樣看著我，少來這套。」跟我已經漸漸熟起來的周小姐輕輕的打了我一下。

「我很想知道她的故事啦！妳也知道我這個人！」

「其實，那位美麗女生現在也在這個基金會，妳可以自己去問她啊！何必要我來說別人的事，感覺好奇怪啊！」周小姐一臉為難的樣子。

「可是，突然去採訪她，不也是很奇怪？」

「其實，妳可以請她幫妳畫畫，她很喜歡畫人像喔，尤其是女人、女生，她畫得很好。」

「在她幫妳畫畫的過程，妳就可以跟她多聊聊了！」周小姐這樣建議我，並且拿起電話筒聯絡「美麗」小姐。

就這樣，我和美麗搭上了線。

她真的非常樂意為我畫幅畫像。

「呵呵，我實在很難想像我會有公主的一面。」我苦笑著說。

「不會，每個女人都是一位公主。」

「在我的眼睛，看到的是這樣。」美麗很肯定的說著。

「美麗，我跟妳來個交換條件，好嗎？」

「嗯？」美麗不解的問道。

「妳第一次碰到要畫的人，還這樣跟妳談條件，是嗎？都已經免費幫人家畫畫了，還開口談條件！」我大笑著問道。

「妳會畫，妳畫我……」

「我會寫，我寫妳，好嗎？」我這樣提議著。

「我沒有什麼好寫的啦！」美麗搖搖手。

「既然每個女生都是一位公主，那就很有得寫了，不是嗎？」我眨了眨眼。心想，以其人之道，還治其人之身。

「嗯……」

美麗想了很久，表示要回家再想想。

最後，在不寫出她真實姓名的情況下，美麗答應了我的採訪。

「我從來沒有想過……」美麗不好意思的說。

「才二十出頭，就有人要寫我的故事。」

「彼此彼此……」我大笑著說。

「我才從來沒想過，要被畫成個公主！」

聽到這裡，我和美麗一起大笑了起來。

02

開始畫畫

我跟美麗約好了在基金會開始畫畫。

剛好有個朋友在網拍訂了些油畫材料，他在電腦前面訂貨的時候，我也跟著看，就順便買了一盒十二色的油畫顏料送給美麗。

沒想到收到這盒油畫顏料時，美麗的眼睛就紅了起來。

「好懷念啊！這讓我想起很多事情……」美麗娓娓的說著。

「還好吧！」我順手拿了盒面紙給她。

「我開始畫畫，就是因為阿嬤送了我一盒十二色的蠟筆。」

「我看到以前的刊物，阿嬤好像是妳非常重要的人。」

「嗯……非常重要啊……」美麗的眼睛好像看著很遠的地方，說起她自己的事情。

和阿嬤的事情。

◆

從美麗有印象開始，自己就跟阿嬤一起住。

美麗的爸爸因為沒有固定的工作，又好喝酒，美麗的媽媽非常受不了他，在美麗很小的時候，就離家出走，再也沒有回來過。也從來沒有再來看過美麗一眼。

美麗的爸爸就把孩子丟給自己的媽媽照顧。

隔沒多久，美麗剛上小學的時候，美麗的爸爸因為喝酒過多，年紀輕輕的就肝癌過世。

所有的喪葬費用都是親朋好友、鄰居幫忙，才得以辦好美麗爸爸的後事。

美麗的阿嬤那個時候已經七十多歲了，一個人帶著美麗。

由於阿嬤年事已高，根本沒有收入可言，她只能靠著中低收入戶補助，還有親戚偶爾的接濟，日子過得非常清苦。

美麗的爸爸剛過世的時候，阿嬤曾經想過帶著美麗一起走上黃泉路，生活也不用撐得那麼辛苦。

阿嬤打算燒炭自殺，連炭都從鄰居那裡，用烤蕃薯的名義拿來了。

回到家裡，上小學一年級的美麗正在家裡畫畫。

「阿嬤，妳回家了！」美麗看到阿嬤回來後，馬上衝上去抱住阿嬤，給阿嬤很大的一個親吻。

頓時，阿嬤就不想死了。

「美麗的阿嬤啊……」就在這樣想時，剛才給了阿嬤木炭的鄰居也跟在後面，把阿嬤叫到門口。

「美麗的阿嬤，我有點不放心啊！妳跟我拿了這麼多的木炭，我不是小氣喔，妳可千萬不要誤會……」

「我擔心妳想不開，所以來妳家看一下。」鄰居阿好伯母，好心的說著。

「沒啦，沒這個念頭了啦……」阿嬤啜泣了起來。

「妳真的有想不開喔？」阿好伯母抱著阿嬤拍拍她。

「沒啦，剛才看到美麗，就不想死了啦！」阿嬤哭著解釋。

「唉！是啊，想想美麗那麼可愛、那麼貼心，妳可要為她活下去啊……」阿好伯母是個性情中人，自己講著也哭了起來。

「我沒有要丟下美麗不管，我們這麼窮，怕美麗跟著我這個老太婆會受苦，倒不如帶她一起走，也不要活著那麼辛苦啊！」阿嬤講到這裡，想到自己經歷過的這些委屈，更是嚎啕大哭了起來。

「找不到美麗她媽媽嗎？要妳這樣一位老人家，拖著一個小孩子，也是真的很不方便。」阿好伯母反問著。

「以前就找不到了，現在應該更找不到吧！從來沒有一封信、也沒一通電話，也沒回來看過美麗一眼……」

「她這個女人也真是做得出來，唉！」阿好伯母也不禁鼻子更是酸了起來。

「但是即使是這樣，也不能動念頭去死啊！美麗的阿嬤！」阿好伯母沒好氣的說了說美麗的阿嬤。

「可是我擔心她跟著我，也會跟她爸爸一樣……」阿嬤哭著說。

「現在讀書的費用愈來愈高，我怕她以後沒有辦法讀書，就會像她爸爸一樣，連找個工作的能力都沒有，只能繼續過著苦日子，會不會我現在帶她走，她就不用受這麼多苦了！」

「我不准妳這麼說，阿嬤！」阿好伯母大聲的制止阿嬤。

「妳要把這個念頭從妳腦袋裡連根拔掉，不准再有這種念頭，也不要在美麗的面前說這種話，知道嗎？」

「嗯……」阿嬤哭著點頭。

「我從來沒跟美麗這樣說過，今天是因為妳問起我，我才說的。」阿嬤跟阿好伯母解釋著。

「很多事情，先不要想那麼多，妳可能也是因為兒子剛走，心情不好，才一直鑽牛角尖，別多想啦……」阿好伯母可能也被阿嬤想要尋死的舉動有點嚇著了，一直勸說阿嬤別想太多。

「阿嬤……」這個時候美麗突然跑到門口。

「妳怎麼在門口站了那麼久？」美麗問著阿嬤，手上還拿著一張圖畫。

「美麗，妳手上拿著什麼圖畫啊？跟阿好伯母說說看啦！」阿好伯母看到美麗出來，趕緊轉移焦點，談別的話題，讓阿嬤把心思轉到別的地方。

「這是我畫的阿嬤！」美麗開心的、大聲的說著。

「阿嬤哪有這麼漂亮？」阿嬤這才破涕而笑。

「有啊，阿嬤在我心目中是最漂亮的。阿嬤，妳看這裡，有一盒……」美麗解釋著她的畫。

「這盒十二色的蠟筆，就是阿嬤送我的，就幅畫就是用阿嬤送我的蠟筆畫出來的，謝謝阿嬤。」美麗眼睛裡閃著光輝，興奮的解釋著她的畫作。

「阿嬤，妳看，美麗多棒啊，有這麼可愛的孫女，阿嬤也要勇敢的活下去啊！」阿好伯母講到這裡，自己都哽咽了。

「我知道，我知道……」阿嬤邊說邊哭，用袖子擦著眼淚。

「阿嬤，妳怎麼哭了，妳不喜歡我畫的畫嗎？」美麗不解的看著阿嬤，一雙大眼睛，黑白分明，細細的端詳著阿嬤。

「不是，不是，阿嬤是太感動了，阿嬤這輩子從來沒有人畫過我，第一次被畫就畫得這麼漂亮，阿嬤真的是太高興了！」

「謝謝阿嬤送我蠟筆，我覺得好幸福喔，可以畫畫。」

「不好意思啦！那是去學校，看到老師的桌子上有一盒放在那裡，我就想到美麗一直很想要一盒蠟筆。老師看我一直看、一直看，就把那盒蠟筆送給我了。是順水人情啦……」阿嬤有點靦腆的講著，她想她連吃飽的錢都沒有了，怎麼有錢去買

蠟筆？

「謝謝阿嬤一直替我著想，我最愛阿嬤了！」美麗又抱了抱阿嬤，拍拍阿嬤的背。

美麗這個舉動，讓阿嬤和阿好伯母哭得更兇。

他們流下的是感動的淚水。

03

資源回收

生長在苦難的孩子，好像就是多了一份體諒。

美麗知道阿嬤的錢非常的緊，所以她自動的做起廢鐵等資源回收的工作，並且拿到資源回收場變賣。

本來這是阿嬤在做的事，但是美麗不忍心看到阿嬤一個七十幾歲的老人家，拖著沉重的步伐，辛苦的在街上走著。

她自動要幫阿嬤做這項工作。

「可是妳要上學，下課也要寫功課啊？」阿嬤一聽就不答應。

「我可以在每堂下課時，就開始寫作業，去完回收場後，回家還可以寫作業啦！」美麗也很堅持要幫阿嬤。

「如果影響到功課，就不要做囉，知道嗎？」阿嬤拗不過美麗，只好答應她，不過還是附上但書。

「好的，阿嬤，我不會讓妳擔心的。」美麗很開心阿嬤能夠信任她。

這一天傍晚，美麗獨自一個人，拖著沉重的廢鐵等等資源回收物，準便往資源回收廠變賣。

「小妹妹，這麼晚了，妳在做什麼！」一輛警車停了下來，一位警察先生問起美麗。

「我……我……」雖然美麗沒有做壞事，但是警察先生盤問起自己，美麗不知道為什麼，還是有點害怕，說話也結巴起來。

「你看你啦，問話問得這麼大聲，會嚇到人家小妹妹，我們是人民保母，又不是怪獸！」另一位警察嘲笑了剛才問話的警察。

「小妹妹，我們是警察叔叔，那位阿伯是老王叔叔，我是小李叔叔，不要害怕，我們只是覺得妳一個人這麼晚了，在路上拖著這麼一大堆東西，想問說有沒有需要我們警察叔叔幫忙的地方？」小李叔叔蹲下來問著美麗。

「妳叫做什麼名字啊？」老王叔叔也蹲了下來。

「我……叫做……廖……美麗……」被警察詢問名字，美麗還是很緊張。

「美麗，妳現在要去哪裡啊？」小李叔叔問著。

「我要去資源回收場，把這些東西拿去賣掉。」美麗解釋著。

「那還很遠耶！」兩位警察叔叔異口同聲的說著。

「我們開警車載妳過去好了，這樣妳也省一段路。」長得比較「嚇人」的老王叔叔跟美麗這樣說著。

「謝謝警察叔叔，謝謝警察叔叔。」美麗連聲道謝，這樣她真的少走很多路。雖然阿嬤有交代要注意安全，但是警察叔叔讓美麗很能夠信任。

坐上警車，小李叔叔問起美麗：「小妹妹，妳們家裡有些什麼人啊？」

「只有我和阿嬤。」美麗答應著。

「那妳爸爸媽媽呢？」

「爸爸已經過世了，媽媽我從來沒有看過。」

「來，這兩個茶葉蛋給妳吃，這是我們老王叔叔做的茶葉蛋，非常有名喔，很多人會跑來我們警察局，專門吃這個老王警察茶葉蛋，妳吃看看。」小李叔叔遞上一個塑膠袋，裡頭裝著熱騰騰的茶葉蛋。

美麗把茶葉蛋拿在手掌心上，吞了吞口水，實在是很想吃。

「阿嬤好久沒吃到蛋了，我要把這個茶葉蛋拿回家給阿嬤吃。」美麗心裡這樣想著，然後把茶葉蛋收到口袋裡。

「怎麼不趁熱吃呢？茶葉蛋要趁熱吃才好吃啊！這是小李叔叔出來巡邏時，才從電鍋拿出來的，趕快吃喔！」小李叔叔熱心的招呼著美麗趕緊吃茶葉蛋。

「沒關係，警察叔叔，我不餓。」美麗跟警察叔叔這麼說。

「咕嚕……」但是她不爭氣的肚子卻在這個時候響了起來。

「啊！妳是想把茶葉蛋帶回家給阿嬤吃，對嗎？」老王叔叔聽到美麗的肚子咕嚕咕嚕叫，就猜測著、問起美麗。

美麗不好意思的低下頭、點點頭。

「妳趕緊吃，等等再到我們警察局，再拿兩個茶葉蛋給阿嬤吃。」老王叔叔勸著美麗趕緊吃。

「是啊、是啊，妳不用客氣，我們老王叔叔的茶葉蛋闖出名號，有雞蛋廠商每天免費供應我們雞蛋，讓我們做茶葉蛋給別人吃，盡量吃、盡量吃喔，我們警察局的茶葉蛋是吃不倒的。」小李叔叔解釋著。

「謝謝警察叔叔。」美麗聽到這裡，才比較安心，放開懷的、大口大口的吃起茶葉蛋。

看到美麗開心的吃著茶葉蛋，兩位警員也欣慰的相視而笑。

「啊！」這時候，小李叔叔突然發出驚嘆聲。

原來回收廠的門是關著的。

他們一行人大老遠跑來，結果回收廠今天根本沒開。

04

茶葉蛋

看到資源回收廠的大門深鎖，原本吃茶葉蛋吃到一半的美麗，再也吞不進任何一口的茶葉蛋了。

美麗當場眼眶泛紅。

「小朋友，不要哭啦！明天再來就會開了啊！要不然明天警察叔叔再載妳過來。」小李叔叔熱心的對美麗說著。

「本來想今天可以拿一點錢回去，讓阿嬤有東西吃。」美麗想著阿嬤昨天好像把僅有的飯給自己吃，自己餓著肚子，眼淚就沒停的掉下來。

「啊！是這樣子。」兩位警員都發出嘆息聲。

「沒關係，先到警察局拿點吃的東西，警察叔叔會幫妳想辦法的。不要哭了，我們警察是人民保母。」老王叔叔這麼說。

老王叔叔看了小李叔叔一眼，小李叔叔也點點頭。

於是美麗又坐著警車，到了警察局。

小李叔叔忙著帶美麗張羅吃的。

而老王叔叔就一直和其他警員商量著事情。

只見小李叔叔不只把茶葉蛋裝了一袋給美麗，還把一些生雞蛋也裝了一大袋。然後又從廚房拿出一袋米。

還有一袋蘿蔔湯和一排豆腐，以及兩碗白飯。

「小朋友，這是我們晚餐時候的蘿蔔湯，趕快拿回去跟阿嬤一起喝。」小李叔叔熱心的解釋著。

「我們警察局的員警也說好，以後妳就把這些回收的東西拿來警察局，我們會幫妳拿到回收廠，這是一千元，每個星期我們警察局會給妳一千元。來……小朋友，妳趕快把錢收著。」

「警察叔叔，可以嗎？我收這個錢，好嗎？我賣去回收廠，他們給我的沒有這麼多啊？」美麗靦腆的說著。

「沒關係啦！這是我們的公基金，因為很多人來我們警察局，白吃茶葉蛋都不好意思，會把錢放在這裡，就成為我們的公基金，而且妳也不是白拿的啊，妳也有拿回收的東西來，不要不好意思，趕快收起來。」

「可是……」美麗還是不知道該不該收。

「趕快把吃的和錢都拿回家，阿嬤還在等妳啊！」小李叔叔拍拍美麗，並且把錢塞到她的口袋。

「這樣以後怎麼還你們呢？」美麗又紅了眼眶，她知道這是警察叔叔在幫她和阿嬤的忙。

「傻孩子，忘記了嗎？我們是人民的保母啊！」這回，小李叔叔、老王叔叔以及其他警察叔叔異口同聲的說道。

「哈哈哈……」說完，他們還自己大笑了起來。

「小朋友，以後有什麼問題，可以來警察局找我們幫忙，不要和阿嬤兩個人煩，多點人商量，也會多點方法解決！」有位不認識的警察開口說著。

「謝謝警察叔叔，可是阿嬤跟我說，別人對我們好，以後都是要還的啊！」美麗想起阿嬤說的話。

「以後妳看到有人需要幫助，去幫忙他們，就是還我們了啦！」這位警察這樣解釋著。

「對對對……」警察局裡頭的警察紛紛說是。

「而且，假如我們轄區，有小朋友和老阿嬤，因為沒錢、餓肚子，我們這個當人家警察的，還在這裡一直吃著茶葉蛋，這種事如果傳揚出去，也是夠丟臉的啦！我們也沒臉當警察了！」

「不好意思，我們之前沒發現，是我們沒有盡到本分。」

許多警察一起圍上來，要美麗收下這些錢。

「謝謝，謝謝！」美麗只有不停的說著謝謝。

「來，警察叔叔送妳回家，趕快把吃的給阿嬤送去。」小李叔叔說著。

結果警車到了阿嬤家。

阿嬤驚慌的跑了出來，生平第一次有警車開到家門口。

一出門看到美麗和兩位警察在一起，阿嬤差點嚇哭，以為美麗怎麼了。

「謝謝警察先生，謝謝警察先生。」等到兩位警察說明來意後，阿嬤也不停的跟兩位員警道謝。

「阿嬤，趕快吃這個茶葉蛋，好香、好好吃喔！」兩位員警回去後，美麗跟阿嬤催促著。

「我好久沒吃到蛋了，好香啊！」阿嬤滿足的吃著。

看到阿嬤滿足的笑容，美麗也覺得很滿足。

「美麗，以後要像警察先生說的一樣，等到我們有能力了，也要幫助其他的人。」阿嬤跟美麗這樣說著。

「是啊！」美麗也點點頭。

今天真是奇遇的一天，美麗出門的時候，原本寄望有個十幾塊拿回家來，就非常感恩了。

結果口袋裡竟然裝了一千元！這真是讓人充滿驚喜的一天。

05

一塊豆腐就非常滿足

自從美麗和警察局「搭上線」後，阿嬤和美麗的生活真的改善許多。每個星期一千元的金錢和食物的供應，對美麗他們家來說，就已經是非常了不起的「富裕」生活了。

「阿嬤，這塊豆腐加進去，好好吃喔！」這一天，美麗和阿嬤從警察局打包了泡菜麵，再把一整塊的豆腐加進去煮，祖孫兩個圍著爐子，光看、就非常滿足。

由於阿嬤和美麗住在非常鄉下的地方，所以他們不是用瓦斯爐，而是一般柴火的廚房。

當然，這樣也可以省去一筆瓦斯的費用。

「阿嬤，豆腐為什麼要煮得比較久呢？看起來就已經可以吃了啊？」美麗問著阿嬤。

「豆腐本來就是熟的，要多煮一會兒，讓豆腐煮透，才會好吃啊！」阿嬤解釋著。

「阿嬤，我們生活真的進步了！以前我們只求能吃飽，但是現在我們還可以注意好吃不好吃了！」

「是啊！都要謝謝美麗。」阿嬤對美麗這麼說著。

「美麗是阿嬤的公主，是有魔法的公主，是美麗讓阿嬤有活下去的勇氣喔！」阿嬤哽咽的跟美麗說著。

「阿嬤，不要哭，阿嬤是我的爸爸，我的媽媽，以後我長大了，要賺很多的錢，讓阿嬤過更舒服的日子。」

「阿嬤，不要難過了！妳快來瞧瞧，這塊豆腐看起來多好吃啊！」美麗跟阿嬤說著。

「是啊！快煮好了啊，阿嬤把豆腐添在碗裡。」

這一晚，這對祖孫的晚餐，就是一碗白飯，配上一顆茶葉蛋，一塊豆腐，還有警察叔叔給的泡菜麵。

這在很多人家裡，或許是不起眼的食物，但在阿嬤和美麗的眼中，卻是山珍海味。

「這塊豆腐這樣煮過後，真的好入味喔！阿嬤！」美麗嘖嘖稱讚豆腐好吃。

「是啊，咬下去，都有泡菜湯的味道。」阿嬤也很享受。

這個夜裡，美麗和阿嬤享受著「美食」與天倫之樂。

◆

日子看起來似乎太平了不少，但是最近有件事讓美麗和阿嬤有點擔憂。美麗這一陣子，她的下肢似乎較為無力，上下樓梯都變得很吃力。

「要不要去看醫生？」阿嬤問著美麗。

「沒關係，阿嬤，我多休息，應該會好一點，看醫生還要花錢，我們要省著點花啦！」

「會不會太累了啊？」阿嬤問美麗。

「不會啦，那些廢鐵拿到警察局也很近，真的不會累啊！阿嬤，不要太擔心啦，我沒事的啦！」美麗跟阿嬤說著。

「我們現在也吃得比以前好，阿嬤，不要替我擔心，沒事的啦！」美麗這樣跟阿嬤說的時候，阿嬤還是眉頭深鎖的樣子。

「阿嬤，不要不開心，看我為妳畫的畫像！」美麗拿出一張圖畫。

「這是什麼？阿嬤是個公主喔？」阿嬤看到畫像都哈哈大笑了起來。

「阿嬤每次都說我是阿嬤的公主，我也覺得阿嬤是我的公主呢！」美麗跟阿嬤解釋著。

「都老太婆了，怎麼還會是公主啊！」阿嬤一臉不好意思的樣子，自己哈哈大笑著，還是很得意的看著畫中的自己。

「阿嬤在妳眼中，真的是個公主喔？」阿嬤還是很難相信的問著美麗。

「是啊！是啊！」

美麗繼續拿出其他的畫像。

「這些也是公主。」阿嬤好奇的問著。

「是啊！」

「這是？」阿嬤指著那一群的公主們。

「這些都是學校的老師……」

「老師請妳幫他們畫畫喔？」阿嬤不敢相信的問著。

「是啊，還有喔……」

美麗拿出一盒盒的水彩、蠟筆、彩色筆。

「都是老師送我的，我幫老師畫畫，老師們都送我顏料和彩色筆，讓我可以畫更多的畫。」

「美麗怎麼都是畫公主呢？」

「因為阿嬤說我是妳的公主，我也覺得每個女生都是一個公主，都是美麗、有力量的公主。」美麗跟阿嬤解釋著。阿嬤也微笑點了點頭。

06

站不起來

結果有一天早上，美麗起床的時候，發現……根本站不起來了。

而且美麗的腳怎麼都使不上力。

「怎麼辦？怎麼辦？」阿嬤緊張的跑去找隔壁的阿好伯母。

「阿嬤，別緊張，我們先跟老師請假，然後趕快聯絡以前常常幫你們的警察先生，他們一定會幫忙的。」阿好伯母還算鎮定，趕緊穩住阿嬤的心。

果然，警車馬上就來了。

在這種鄉下地方，警車往往比救護車有用多了。

老王叔叔和小李叔叔匆匆忙忙的從警車裡出來。

「美麗，怎麼會這樣？怎麼這麼突然？前幾天碰到妳還好好的啊！」兩位警察叔叔不解的問道。

「之前兩隻腳就慢慢比較沒有力氣，上下樓梯也比較累，我們都想說，只要多休息就會好，怎麼知道會這樣？」阿嬤已經慌到有點六神無主。

「先送醫院，找醫生！」小李叔叔一把抱起躺在床上的美麗，把她放在後座，讓她靠在阿嬤的身上。

一行人隨著警車的鳴笛聲，聲勢浩蕩的往最近的醫院前去。

「醫生，怎麼樣？我的寶貝孫怎麼樣了？」阿嬤焦急的問著。

「要花一段時間到骨科和復健科，要復健才會好起來喔！」骨科醫生這麼跟這一行人說。

「要花多久的時間呢？」醫生也說不清楚，甚至連病因都不是很瞭解。

「怎麼辦？這樣糟了，連醫生都不知道原因。」阿嬤本來憂煩的心，到醫院後，更是混亂。

「阿嬤，不要緊張，醫生說要復健，那我們就先來復健，看看情形再說。」小李叔叔跟阿嬤說道。

「阿嬤，我們警察局每個月還是會送來一千元給妳當生活費，如果醫療還需要別的費用，我們都可以一起想辦法！」老王叔叔拍著胸脯保證，要阿嬤不要擔心錢的問題。

「那怎麼好意思啦！無功不受祿，不好意思啦！」阿嬤覺得沒有回收的東西給警察，就白白每個星期拿人家一千元，這樣似乎很不對。

「美麗，妳勸勸妳阿嬤啦，她老人家不曉得我們警察是人民的保母呢！」小李叔叔是想逗美麗開心點，但是美麗從早上爬不起來後，就一直沒說什麼話。

「美麗啊！」小李叔叔又叫了叫美麗。

「阿嬤，對不起，讓妳添麻煩了！」美麗一開口，就哭到不行。

「我一直不想給阿嬤添麻煩，希望能夠照顧阿嬤，可是我現在的腳已經動不了了，阿嬤年紀這麼大……」說到這裡，美麗哭到說不出話來。

「我的寶貝孫啊，不管如何，妳都是阿嬤的好孩子啊！」阿嬤說出這些話，也哭了出來。

「我一直想趕快長大，賺錢讓阿嬤過好日子，但是我的腳現在這樣……我怎麼這麼沒用，這麼沒用……」美麗用手使勁的打著自己的腳。

「別這樣子啦！孩子，我的寶貝孫啊！」阿嬤趕緊抓住美麗的手。

「阿嬤才覺得對不起妳，一定是阿嬤沒用，讓妳吃不好、營養不夠，才生這種怪病！」阿嬤自責的說著。

「都不要再怪來怪去了！」老王叔叔大聲的「喝斥」著。老王警察的嗓門特別大，隨便大聲點，就很像在「喝斥」。阿嬤和美麗都被這突然其來的聲音嚇到閉嘴了。

「老王，小聲點，這裡是醫院，不要讓人家覺得我們這些當警察的，就是沒氣質、沒教養啦！」小李叔叔小聲的唸了一下老王叔叔。

「阿嬤、美麗，你們家的美麗，現在等於也是我們警察局的女兒，大家都很照顧她，我們這些叔叔、伯伯，就算每個星期湊個一千元給你們，也不算過分，也沒有辛苦啦！而且，我們家老王的茶葉蛋，生意真的很好，根本出不到我們警局同仁的錢啊！」小李叔叔解釋著。

「對啊，不要小看我的茶葉蛋喔！」老王叔叔壓低嗓門、得意洋洋的說著。

「先把病養好再說……」小李叔叔建議著。

「先照醫生說的話，來醫院復健，別的都不要多想……」小李叔叔從口袋裡頭掏出點錢，硬是塞到阿嬤的手裡。

「警察先生，你也要養家啊！」阿嬤不捨的說著。

「我們也會幫妳多留意，有沒有什麼政府的補助，這些都是我們警察局的公基金，我回去會去報帳啦！」小李叔叔拍拍阿嬤的手，要她拿著錢。

老王叔叔也點了點頭。

07

公主畫風

阿嬤開始跟著美麗上學。

美麗坐著警察叔叔找來的輪椅，由阿嬤推著她到學校去。

「阿嬤……」第一天上學，美麗滿臉歉疚的樣子。

「乖孫，阿嬤很開心要上學，阿嬤以前沒機會讀書，現在可以跟我的乖孫一起去上學，阿嬤覺得很幸福呢！」

學校幫阿嬤在美麗的桌子旁邊，再擺上一套課桌椅。

第一堂數學課，阿嬤就睡倒在桌上，還打起呼來。

同學們窸窸窣窣的笑著，美麗則是滿臉不捨的把外套罩在阿嬤身上，怕她睡到著涼了。

有些不知情的老師，一進教室，看到一個老太婆坐在教室裡面，都滿臉驚訝的表情，問說這位「阿嬤同學」從哪裡來的？

同學們都哈哈大笑起來，連阿嬤都笑得很開心。

「上課真好，感覺變年輕了！」阿嬤一直跟美麗這麼說。

「而且到學校，有這麼多小朋友陪著我，真的比我一個人在家裡來得好。」阿嬤真的非常享受上學的日子。

美麗的導師，有一天請阿嬤和美麗到教師休息室去。

「美麗，這些錢妳收著。」導師拿出一疊錢出來。

「老師，那怎麼好意思呢？」阿嬤堅持不肯收。

「阿嬤，這八千元，是美麗幫我們四個老師畫畫，應該要收的錢！」導師跟阿嬤、美麗解釋著。

「之前美麗幫我和其他老師畫畫，我們真的都很喜歡她幫我們畫的畫像，我們討論了一下，不應該讓美麗白畫，應該給她酬勞，就一人兩千，想說讓阿嬤收著這個錢。」

「老師，我們美麗是小孩子，小孩子畫畫，哪裡值這麼多錢啊？」阿嬤不相信的反問著。

「不，不，美麗的畫很有價值。」導師說著，還邀來隔壁座位的蔡老師。

「是啊，你們家美麗幫我畫的畫，我還裱起來放在一進門就看得到的地方，蔡老師自己一輩子都沒想到，自己有這麼公主的一面。」蔡老師笑著說。

「連我先生都說，美麗有把我一些神情畫得很傳神，再加上一些美麗自己的想像力，我先生都會在那幅畫的面前看上許久。」蔡老師說到這裡，有一種幸福的得意浮現上來。

「每個女人都有一個公主夢，是美麗幫我們圓了這個夢，這點小錢真的不算什麼啦！」蔡老師解釋著。

「我先生也說，要不是美麗只畫女生，他也很想請美麗幫他畫一幅畫呢！太有收藏價值了。我先生還說，一幅才給兩千，我們這些老師太小氣了。兩萬都不嫌多！」導師這樣說著。

「不會、不會，太多了、太多了！」阿嬤一直說自己是鄉下人，美麗也是小孩子，這樣給的錢太多了。

「我們周圍還有一大堆朋友，想請美麗畫畫喔，學校另外就有六位女老師想畫，導師有跟他們說要收費，他們全都答應了。」

「謝謝老師，謝謝老師，雖然我坐在輪椅上，又可以靠自己的能力，賺錢養阿嬤，謝謝大家。」美麗好開心能這樣賺錢。

美麗不是愛錢，她只是很喜歡當個有用的人，不要年紀大的阿嬤多操心，也不要阿嬤這把年紀了，還要辛辛苦苦出去賺勞力錢。

阿嬤跟美麗說好，一個星期只要畫一幅畫，也不要畫太多。「畢竟妳還是要以功課為重，而且還要復健，我們兩個生活很省的，這樣已經非常足夠了！」阿嬤跟美麗盤算著。

阿嬤還把美麗賺來的錢，拿出八百元，轉交給警察叔叔。

「警察先生，以前都是你們照顧我們，現在我們美麗畫畫、賺錢了，也要回饋給別人，幫助其他更需要幫忙的人才是。」阿嬤這樣說著。

「阿嬤，妳真是好福氣，美麗這麼小就會賺錢了，我也希望我兒子能這樣就好囉。」老王叔叔欣羨的說道。

「美麗是我的公主、我的天使啊！」阿嬤欣慰的笑說。

「美麗，妳看起來也開心許多，不像之前那麼不快樂！」小李叔叔問著美麗。

「嗯，因為又可以賺錢養活我和阿嬤，覺得比較踏實。」美麗在警察局裡跟這些叔叔、伯伯們解釋著。

「踏實……小朋友不要給自己太大的壓力啦！」小李叔叔不捨的說。

「小李叔叔，是真的，我和阿嬤都很謝謝你們的幫忙，但是能夠靠自己的力量賺錢，還能夠幫助別人，這樣不是更好嗎？」美麗繼續說著。

「我可以靠自己的力量賺錢了，我一定也可以靠自己的力量站起來！」美麗堅定的說道。

「美麗這個女孩子就是有志氣，阿嬤，妳就等著享福了。」小李叔叔舉起大拇指稱讚美麗。

「我現在就已經在享美麗的福了。」阿嬤笑道。

雖然阿嬤和美麗不再拿警察局的錢，但是警察先生們還是幫美麗他們一家申請了中低收入補助，並且常常送來吃的。

「警察先生，這怎麼好意思啊？昨天才送來一隻土雞，今天又送了這麼多的青菜、水果。」阿嬤跟小李叔叔、老王叔叔連聲道謝。

「阿嬤，妳每個月捐款八百元給我們警察局，妳是我們的大戶呢！當然要好好巴結妳啊！」小李叔叔嘻皮笑臉的說道。

「當警察，正經一點，好嗎？」老王叔叔一掌打在小李叔叔身上。

「是想說，你們家美麗生病了、正在復健，要吃得營養一點，同事們都很關心她的狀況……」

「而且我們警察局什麼都沒有，就是吃的最多，常常老百姓為了感謝我們，東送一隻雞，西送一些吃的，真的吃都吃不完，阿嬤不要有負擔，這些就當成是好朋友之間的分享。」老王叔叔這樣說著。

「我們都很關心美麗的復健狀況，有進展嗎？」小李叔叔問著。

阿嬤嘆了一口氣、搖搖頭。

「不知道為什麼？美麗也很努力復健，連復健師都說從來沒看過哪個病人這麼認真的，但是就是一點好轉的現象都沒有。」阿嬤滿臉疑惑。

「我們就一直從骨科推到復健科，再從復健科推到骨科，感覺非常奇怪，醫生都說不出我們美麗到底情況怎麼樣？」阿嬤有點力不從心的感覺。

「這怎麼辦？要不要轉到大醫院看看？」兩位警察叔叔都這麼說。

「但是也不知道要去哪一家比較好？這麼難的醫學問題，我們也都不懂。醫生最懂，醫生也說不出來什麼。」

「這倒也是，有點難倒我們這些當警察的，醫學真的也不是我們的專業，不過，阿嬤，我們會盡量幫忙去問問看。」

聽到兩位警察這麼說，阿嬤點了點頭。

不過，是有點憂心忡忡的點點頭。

08

治療

自從阿嬤陪美麗上學後，平常下課，阿嬤總是推著美麗在操場旁邊坐著。看到美麗一臉羨慕的模樣，阿嬤總對她說：「沒關係，我們繼續復健，一定會好起來的，孩子。」

一顆躲避球滾到美麗的腳邊，阿嬤撿了起來，交給美麗。美麗用力的一丟，結果球還是丟不到同學的手裡，在一半就落了下來。

「唉……」美麗嘆了好大的一口氣。

「阿嬤！」美麗跟阿嬤說。

「我會不會一輩子都要坐在輪椅上了？」美麗沮喪的說著。

「不會啦，傻孩子，不會的……」阿嬤阻止美麗這樣想。

「但是我練習了這麼久，還是沒辦法走路啊？」美麗心灰意冷的說道。

「我們想辦法去找最好的醫生，我的乖孫。」

「可是那要花很多錢，不是嗎？」

「很多人會幫我們的忙，那些警察叔叔對我們都很好，還有老師，不是嗎？」阿嬤鼓舞著美麗。

「感覺很難……」美麗低頭說著。

「怎麼了？美麗，妳平常都很有信心的啊！」阿嬤看到美麗這樣，心裡也非常難過。

「阿嬤，我好累喔，我不知道是要繼續努力下去，還是接受我不能走路，接受這個事實。」

「唉！也難怪孩子會這麼想！」阿嬤把美麗說的話，轉告給兩位警察，他們也覺得美麗的灰心不是沒有道理的。

「都要怪我們這種小地方的蒙古大夫，到現在都搞不清楚病因，要孩子怎麼辦呢？」老王叔叔抱怨著。

「最近有一個兒童基金會要來我們這裡服務，也會不定期安排支援醫生前來，要不要去跟他們接洽看看？」小李叔叔問著。

「其實美麗的家庭狀況，正是他們要協助的對象……」

「可是我們美麗現在有在畫畫賺錢，不好再去跟人家要求協助吧？」阿嬤靦腆的說著。

「可是你們整個家庭的收入還是不高，那個基金會全世界都有分會，資源比較多，人是互相幫助的，阿嬤，讓人家來幫忙妳沒有什麼關係的啦！」小李叔叔對阿嬤勸說著。

就在警察叔叔的「牽成」下，這個基金會的李小姐沒幾天就來美麗家拜訪。

「阿嬤，過幾天，我們基金會跟一家教學醫院有合作，會有醫療團過來，阿嬤一定要推著美麗過來讓醫生看看。」

「會啦，李小姐，以前都是我們去看醫生，現在醫生來看我們，當然要把握機會，聽聽大醫院醫生的意見。謝謝喔！謝謝喔！」阿嬤非常歡喜有這樣的管道可以看到醫生。

「而且，我們也會定期追蹤你們家，也會有補助款給你們。」李小姐解釋著。

「可是，李小姐，我們美麗有在畫畫賺錢，這樣還適合拿你們的補助款嗎？」阿嬤不好意思的問著。

「你們的狀況在我們基金會，還是算高風險的家庭，是可以領補助的，請不要擔心。」李小姐說道。

「這個世界真的好人很多，以前都沒有發現有這麼多好人，如果早一點遇到你們的話，我兒子或許也會發展的比較好，也不會那麼早走，美麗也會有爸爸在身邊，而不是只有我這個老太婆……」阿嬤幽幽的說道。

「阿嬤……」美麗拍拍阿嬤的肩膀，安慰著她。

◆

到了醫療團來的那天。

阿嬤推著美麗來到臨時診所。

從教學醫院來的支援醫生，詢問著美麗的病況。

「阿嬤，妳的孫女這樣的情況有多久了？」支援醫生問著。

「將近兩年了！」阿嬤憂心的說著。

「嗯……」醫生邊用聽診器聽診，也邊聽阿嬤說的狀況。

「有看過醫生嗎？」醫生問著。

「有，我們這裡的醫生要我們去看骨科、復健，我的孫也很認真復健，但是一直沒有進展。」

「嗯……」醫生想了一下。

「阿嬤，小朋友，你們想一下之前的狀狀……」

支援醫生問著：「剛開始情況是怎麼樣？」

美麗回答：「就是腳比較無力，而且上下樓梯會比較吃力。」

「蹲下去會沒有辦法站起來嗎？」醫生繼續問診。

「要扶著東西才慢慢站得起來。」美麗答道。

「那時候還有沒有其他的症狀？任何小情況都要說出來，這樣我們比較好判斷。」醫師仔細的問著。

「好像沒有……」阿嬤回答。

「指甲周圍和指間關節有沒有紅腫的現象？」支援醫生問著。

「有！」美麗很大聲的回答。

「妳怎麼沒有跟阿嬤說，阿嬤眼睛不好，看不到那麼仔細，看我這個老人家多沒用……」阿嬤又在那裡數落著自己。

「小朋友，妳仔細想想，那時候妳的上眼皮有沒有紅斑點點的現象？」支援醫生問著美麗。

「有，但是我覺得沒什麼大問題，就沒有跟阿嬤說。」美麗很認真的回答，因為她感覺這位醫生好像比較瞭解她的病情，跟以前看的醫生都不太一樣。

「醫生，怎麼樣，我們美麗到底得的是什麼病？」阿嬤迫切的問著。

「阿嬤，小朋友，我覺得妳的狀況似乎是皮肌炎引起的肌無力症，但是這裡沒有其他的醫療器材，要到我們醫院做更詳細的檢查，才能做出正確的判斷。」支援醫生解釋著。

「這樣有救嗎？」阿嬤焦急的問著。

「阿嬤，這要轉診經過更詳細的檢查才能告訴妳。」

「我們一直有在做復健……」

「對於別家醫院的治療，我不方便說什麼，但是如果是皮肌炎的話，就不是做復健可以好的。」

「醫生叔叔，我可以再站起來嗎？」美麗問著。

「我上一次有一個病患，她也是個小女孩，治療不到一個月就能夠自行走路了，妳要對治療有信心。」醫生說著。

「這真是太好了、太好了，我們美麗有希望了。」阿嬤歡天喜地的說道。

「醫生，你一定要幫我站起來，阿嬤只有我，我要站起來照顧她，而不是她老人家年紀這麼大了，還要忙著照顧我。」美麗跟醫生懇求著。

醫生也堅定的點了點頭。

09

北上

趁著暑假，阿嬤和美麗趕快想辦法北上就醫。

住院費用是基金會和醫院協商之後，由基金會幫忙出的。

「阿嬤，你們只要專心養病就好了，既然醫藥費有人出了，這裡的警察局和社會局、學校，也都盡了最大的努力，想辦法生出一筆錢，讓你們可以在醫院那裡生活個兩個月，如果醫療過程超過兩個月，我們再來想辦法，阿嬤，知道嗎？」警察叔叔小李這樣跟阿嬤說著。

「美麗，妳也是，不要擔太多的心，只要專心好好把病養好，回來的時候，我們都看到站著的美麗。」兩位警察叔叔跟美麗說著。

他們也把一包很大的紅包塞到美麗的手上。

「我會的，我會走到警察局，而不是被阿嬤推到警察局門口。」美麗又恢復了信心指數，彷彿自己都可以看到自己站起來的樣子。

到了醫院，美麗和阿嬤被安排在一間四人病房，這是小兒科的病房，裡面住的都是病童。

由於主治大夫只是強烈的懷疑美麗得的是皮肌炎，這還要做肌肉切片一連串的檢查才能確定。

而且美麗的主治大夫也不再是骨科、復健科，而是小兒神經科。

在這段就醫的時間，基金會的李小姐還帶了另外一位同事謝小姐前來關心美麗。

「美麗，我負責的轄區是你們家附近的範圍，這是我們同一個基金會的謝小姐，她負責的是台北的部分，特別是這家醫院，也有幾位病童是我們救助的兒童，所以會長期待在這裡。如果有什麼需要，要跟這位謝姊姊說，她會幫忙想辦法的！」李小姐跟阿嬤和美麗解釋。

謝小姐還帶了許多蠟筆、顏料和畫紙，讓美麗畫畫。

「謝姊姊，謝謝妳，我在這裡的時間很多，正想畫畫呢！謝謝妳準備了這麼多的顏料。」

「哪裡，我是有點私心，想說美麗願不願意幫我畫一幅畫，聽很多人說起，妳的畫風很特別，會畫出女生溫暖、有力的那一面。」

「沒問題，謝姊姊，我們現在就開始吧！我真的好想畫畫，正好妳願意當我的模特兒。」

於是美麗就在病房內幫謝小姐畫了起來。

這一畫不得了，可能是在醫院大家都很無聊，也很苦悶，許多人紛紛前來觀賞，搞得這間病房，是除了福利社之外最熱門的景點。

「那個會畫畫的美麗」的名聲，也在醫院不脛而走。

有一位小妹妹，才五歲，也是被她的媽媽推著輪椅來找美麗。

「小朋友，我們家妹妹也想請妳幫我們畫一幅畫，可以嗎？」

美麗稍微楞了一下。

因為這位小妹妹……

是個大光頭。

小妹妹因為接受化療，所以頭髮都沒了。

「嗯……好啊……」美麗還是答應了。

「現在就畫嗎？」對方的媽媽異常興奮的說道。

「明天好嗎？因為我今天還有其他事要做。」美麗說著。

「好啊，當然好啦，當然以妳的時間為主，我們一定配合。」小朋友的媽媽還是很開心的推著輪椅走了。

美麗其實會緩個一天，是想說，要怎麼畫那位小朋友。

才五歲的她一臉蒼白，而且沒有頭髮，美麗在畫她之前，還要幫她想個造型。

美麗中午跟阿嬤在中庭時，看到一尊雕塑，上面有許多的天使，有一個小天使捲髮的造型，阿嬤和美麗都相當喜歡，於是美麗就決定用那個造型幫那位光頭的小妹妹畫上一幅。

畫畫的那天，那位小妹妹也相當乖。

吭都不吭一聲，乖乖的讓美麗畫她。

畫好後，小妹妹和她的媽媽都好歡喜。

「謝謝美麗姊姊！」小妹妹笑著對美麗說。

「是啊！謝謝！」小妹妹的媽媽還塞了一個紅包要給美麗，美麗和阿嬤怎麼也都不肯收。

於是他們回到病房後，又送了一大盒的蘋果過來。

第二天，小朋友的媽媽又到了病房。

「美麗……」小朋友的媽媽才說了一句話，就痛哭失聲。

「我們家妹妹走了。」她哭著說了這句話。

「這麼突然？」美麗和阿嬤也面面相覷。

10

悲傷又欣慰的母親

「美麗，我們家妹妹昨天晚上走了。」這位母親悲傷的說著。

「這位媽媽，要節哀啊！」阿嬤勸著她。

「但是，我想來謝謝美麗。謝謝妳讓我們沒有遺憾。」

「阿姨，怎麼說呢？」美麗不解的問著。

「我們家妹妹一直很想做個小公主的造型，但是妳也知道她的狀況……」這位母親講到這裡時，又忍不住哭了。

「那天她回病房後，一直看著妳為她畫的圖畫，她目不轉睛的盯著看，跟我說……」

由於這位媽媽哭到泣不成聲，阿嬤趕緊遞上病房的衛生紙給她。

「她跟我說，看到自己被畫成一位公主，像個天使一樣的公主，美美的公主，她覺得這樣就夠了。」

「昨天晚上，她走得很安祥。」這位媽媽的表情，既悲傷又欣慰。

「美麗，謝謝妳，為我們一家人完成一個夢想。」媽媽再三對美麗表達感謝之意。

「這是我應該做的，我本來就很喜歡畫畫，阿姨。可以幫助到你們，讓你們沒有遺憾，我也感到很有價值。」

這位母親再三感謝後離去。

每天在醫院裡，看到有人走，也看到有人來。

美麗受到很大的衝擊。

「阿嬤，我們真的算是很幸福的了！」美麗跟阿嬤說著。

「即使我的病醫不好，我還是沒有辦法站起來，我都覺得我們過得滿幸福的了！」

「傻孩子，怎麼這麼說呢？妳一定會好起來的。」阿嬤不解的勸著美麗。

「阿嬤，我不是垂頭喪志，而是真的覺得我們很幸運，周圍有這麼多的好人在幫我們，即使我沒有好起來，我還是覺得很幸福。」

「就是因為有那麼多的好人在幫我們，妳才更要好起來，這是我們唯一能做的、報答他們的。」

「嗯嗯……」美麗點了點頭。

同一天，醫院的檢查報告也出來了。

「阿嬤、美麗，檢查結果，果然就是皮肌炎。是皮肌炎引發的肌無力症。」主治大夫解釋著。

「醫生，什麼是皮肌炎？」阿嬤問著主治大夫。

「簡單的說，是一種後天性的自體免疫方面的毛病，因為免疫反應產生的發炎細胞浸潤造成不同系統的症狀。而皮膚的症狀和肌無力是早期的症狀，所以稱為皮肌炎。」主治大夫有耐性的解釋著。

「醫生說簡單的說，但是我一點也聽不懂……」阿嬤一頭霧水的說著。

「沒關係，阿嬤，更簡單的說，只要知道原因在哪裡，就好治療了，妳的乖孫有可能站起來了！」醫師笑著說。

「這樣我就聽懂了，謝謝醫生、謝謝醫生。」阿嬤不住的道謝。

「那還要復健嗎？」美麗問著。

「是不用特別復健，因為是自體免疫系統的疾病，只要對症下藥，吃些免疫抑制劑應該就會控制住。」

「不過太久沒走了，剛開始是要練習一下，但是依妳的狀況，應該不用排復健科。」

「有救了就好，有救了就好。」阿嬤和美麗都相當歡喜。

阿嬤和美麗遇到隨後來的兒童基金會的李小姐，趕緊把這個好消息告訴她。

「太好了，美麗，恭喜妳！真替妳開心！」

「是啊！李姊姊，我有一件事想跟妳討論一下……」美麗有點畏縮的說著。

「什麼事？不要客氣，妳有什麼需要幫助的事，儘管跟我說，我的工作內容之一就是要解決妳的問題。而且現在，我是妳的粉絲了，我愛死妳畫的畫，妳說什麼我一定努力去辦，呵呵呵……」李小姐自己說到哈哈大笑。

「我以前在我們家那裡，幫人家畫畫，一幅是收兩千元，我想在醫院這裡義賣我的畫畫，把錢給基金會，請基金會幫助有需要的人。」美麗說著她的想法。

「好啊、好啊，基金會幫我們出錢醫病，我們也可以回一點給基金會，謝謝你們啦！」阿嬤也大表贊同。

「好是好，不過兩千元太少了……」李小姐笑說。

「太少了，幫不上忙，基金會不想要嗎？可是我的能力也只有這樣而已！」美麗的神情有點失望。

「美麗，妳不要妄自菲薄，我覺得太少的意思是，以妳的畫，義賣標價五萬元，都會有人買……」李小姐解釋著。

「五萬元，這麼多，有可能嗎？」美麗和阿嬤都睜大了眼睛，不敢置信。

「我覺得非常有可能，我們就預計義賣個十幅，美麗妳覺得怎麼樣？會不會畫得太累了？」李小姐問說。

「不會累，不會累，這樣我們也可以把醫藥費還給基金會，還有多可以幫助別人，太好了！」美麗直點頭。

「那我就安排人來採訪，把這個消息發布出去，應該很快就有消息回來了！」李小姐動作很快，馬上就著手進行。

採訪的當天，阿嬤本來不肯入鏡，直說自己這樣難看，還是李小姐硬拉著阿嬤拍照，才留下這張珍貴的照片。

「李小姐，謝謝妳啊！我第一次讓人家這樣拍、這樣採訪。」阿嬤直說不好意思。

「我才謝謝你們呢！讓我的公主照可以上報。」因為要介紹美麗的畫，所以李小姐那幅也登上了報紙。

還有那位癌症女童的母親，也出借了女兒的畫作，讓攝影記者拍攝。

這段故事非常催淚，一上報馬上就獲得廣大的迴響。

美麗得到一個封號是「美麗公主畫家」。

十個名額很快就額滿了，裡頭有一大半是醫生太太買的。

主治大夫的太太也訂了一幅。

「醫生啊，那怎麼好意思呢？你幫我們看病，還讓你們家破費！」阿嬤又有了那種鄉下人的不好意思和客氣出來。

「不行、不行，我們是公務人員，不能隨便收禮的喔，阿嬤不要害我被告喔！」醫生笑說。

「而且這是做好事，當然要共襄盛舉，再來，我太太已經說好了，要把這幅公主畫掛在客廳，那位大小姐……」主治醫師笑著搖頭。

「醫師叔叔，你不是還有個跟我一樣讀小學的女兒，讓我幫她畫一幅，不用收錢啦！」美麗自己提議著。

「真的嗎？美麗，謝謝妳喔，這我就不客氣了，說實在話，我女兒還真的有吵著要，女生真奇怪，都很喜歡當公主。有公主的太太，也有公主的女兒，你們看，我可辛苦了，在家能夠做牛做馬的只有我，其他都是公主。」

主治大夫一說，病房內掀起一陣笑聲，連隨行的護士都笑不可抑。

11

義賣

「這就是我在基金會看到的那篇報導嗎？」

「受助兒童公主畫風大受好評！」我提到在兒童基金會和周小姐聊到的報導，那篇深深吸引著我的報導。

「是啊！我阿嬤也有把這篇報導留起來！」美麗笑著說。

「我阿嬤會把這些報導剪貼，貼在我作廢的作業簿上，留作紀念。阿嬤不識字，都是別人跟她說這報導裡有我，她就剪了下來。有時候還會剪錯，甚至貼反，但是那都是阿嬤的一片心……」講到這裡，美麗又有點哽咽了。

看到美麗這樣子，我忍不住抱抱她，跟她說：「好孩子，別難過了，妳知道阿嬤的一片心，阿嬤也知道妳的一片心，這就是世界上最珍貴的禮物了，很多家庭都體會不到這樣情感的連結，你們是幸運的，知道嗎？」

「嗯嗯，我知道。阿嬤也這樣說過。」美麗就這樣說起當年的事。

◆

阿嬤在病房裡拿著剪刀剪剪貼貼的。

「阿嬤，妳在幹什麼啊？」美麗問著阿嬤。

「我在把妳的報導都剪下來啊！」

「阿嬤，妳看不懂字，怎麼知道哪篇報紙是寫我呢？」美麗不解的問著。

「我可以問人家啊！剛才是護士小姐拿這篇報紙來的，我就問她哪裡是寫我乖孫的，就畫起來，再剪下來啊！」阿嬤得意洋洋的說著。

「阿嬤，可是妳剪錯了，妳剪的那個女生長得很漂亮，可是不是妳孫女啦！」美麗笑著說。

「啊！剪錯了喔？」阿嬤趕緊把這張剪錯的丟進垃圾桶，另外剪起美麗指給她看的報導。

「我是想說剪好、貼好，拿回去給警察、老師，還有鄰居看，人家那麼幫我們，當然要讓人家知道我們有在辦正事囉！」阿嬤笑說。

「阿嬤，如果我還是好不了，他們會不會很失望，就不對我好了呢？」美麗憂心忡忡的問著。

「傻孩子，怎麼會問這種問題呢？這些人都不是這種人啦！」阿嬤不解的問著美麗，她實在不明白美麗為什麼會有這種想法。

「我只是覺得我都表現好，所以人家對我好，如果我表現不好的時候，人家還會對我好嗎？」美麗把自己的疑惑說了出來。

「阿嬤不會啊！阿嬤不管妳好、妳壞，妳都是阿嬤的好孩子！」阿嬤走到病床旁邊，抱了抱美麗。

「阿嬤，假如我的腳好不起來，站不起來，妳會不會想不開，又想去死呢？」美麗問著。

「不會了！美麗，阿嬤很滿足了！有妳這個孫女，阿嬤覺得老天爺對我真的是太好了，我要好好的活著，有機會要找機會報答老天爺、幫老天爺做點事才對。是妳給了阿嬤力量，妳真的是阿嬤的公主。」阿嬤滿足的跟美麗說著，就在這個時候，主治醫生走了進來。

「美麗，吃了藥後，有沒有什麼感覺？」主治醫生問著。

「沒有，沒有任何動靜。」美麗沮喪的說著。

「別太心急啦！治療才剛剛開始，之前都是在做檢查。」跟在旁邊的實習醫生鼓勵著美麗。

「而且在這一類的疾病當中，妳算是很幸運的病患了！」主治醫生說著。

「為什麼？」美麗心想，我都不能走了，醫生這樣說也是很奇怪。

「因為在諸多肌肉病患當中，皮肌炎算是少數可以透過治療獲得改善的疾病……」主治大夫解釋著。

「最重要的是確實檢查出來是皮肌炎，只要依照所侵犯的系統以及嚴重度不同給予類固醇或是免疫抑制劑，大多能加以控制，所以妳就安心就醫，對於這個病，我還滿有把握的。」主治大夫很有信心的說著。

「是啊！老師之前也遇過病患，跟妳年紀差不多大，也是皮肌炎，那位小妹妹出院時，是自己站著走出去的，美麗，妳也可以的！」相處了一段時間的實習醫生對美麗也很有信心。

「美麗，之前發生的許多事，妳都能走過來，這個皮肌炎，妳也可以走過，並且站起來。」

「是啊，是啊。」

「美麗是有魔法的公主呢！可以把那麼多女生畫得那麼漂亮，這點小事難不倒妳的。」

因為這是教學時間，所以跟著主治大夫的有許多醫學系的學生，大家也都耳聞美麗的事情，所以紛紛為她加油打氣。

「謝謝大家，我就是這樣，有時候會很有信心，有時候就非常沮喪、不確定……」美麗低著頭說著。

「這很正常啊！病患都是這樣的，不要太自責。」連旁邊跟著的護士小姐也發出聲來。

「妳真的算是幸運的病患了，很多皮肌炎的患者，一開始只有肌肉無力的表現，會被診斷為先天性的肌肉病變，又沒有接受肌肉切片做進一步的診斷而喪失提早治療的機會……」主治大夫喘了口氣。

「再晚一點來就診，皮下鈣化的併發症出現，就會進一步影響到身體的功能，我也幫不上忙了。」主治大夫說明著病情。

「是啊，還有致死的危險……」實習醫生也插進來。

「真的是感恩啊，謝謝醫院有跟兒童基金會合作，到我們那種鄉下地方來義診，要不然，我們在那裡看醫生，也看不出來要怎麼變好，謝謝醫生，謝謝醫院……」阿嬤真是滿心感謝。

「美麗，妳一定要好起來喔，好起來了，幫我們也畫公主畫，好嗎？」隨行的女學生、女護士們都這麼說。

「還有我們的女朋友也要。」連實習醫生也開口了。

「你們不准占人家小妹妹的便宜，要人家畫就要付費，人家年紀小小就要幫助負擔家計，你們這些人這麼大了，怎麼好意思呢？」主治大夫開口說話，幫美麗爭取權益。

「老師，你也知道，實習醫生也沒多少錢啊！」實習醫生嘆口氣說。

「都是這樣熬過來的，你跟人家小學生學學，別淨是抱怨，自己擁有的已經很多了！」

「以後你們都是要當人家醫生的人，醫生人家叫做先生，日本話的先生是很大的，雖然才在實習，也要有點樣子出來啊！」主治大夫對實習醫生和自己的學生都特別嚴格，那幾位實習醫生看到他都有點怕怕的。

「美麗，要有信心，我們老師這麼嚴格，如果他跟妳說可以站起來的話，就沒有什麼問題了，全台灣找不到另外一個醫生像他一樣，對皮肌炎這麼有把握，妳真的看對醫生了！」實習大夫說著。

「才罵你幾句就拍馬屁！」主治醫生打了一下實習醫生。

這一大群醫療團隊都跟著笑了出來。

12

回家

說也奇怪，那天白天和醫師們談過後，當天晚上，美麗就漸漸覺得有點「不對勁」了。

「阿嬤，我的腳好像有點感覺了。」美麗興奮的跟阿嬤說著。

「真的嗎？太好了！醫生說的果然沒有錯，感謝老天爺！感謝老天爺！」阿嬤是因為在醫院，要不然她恨不得早晚三炷香謝天。

美麗從那一天開始，就漸漸好了起來。

隔了兩個禮拜，就已經在醫院的樓梯川堂，靠著欄杆，自己可以慢慢的走起路來了。

到了第三個禮拜，進步到可以什麼都不扶，站著走路了。

從美麗到醫院來，也才一個多月，不到兩個月。

而專程從鄉下趕來探望美麗的老王叔叔、小李叔叔，好巧不巧，竟然趕上了美麗的出院。

「來得早不如來得巧，我們本來還擔心太晚來了，應該早點來看看美麗，可是當警察勤務值班都不能少，也排了很久才排到今天有假，趕緊一大早坐火車上台北來，竟然遇上美麗出院，這真是天大的好消息啊！也可以幫忙阿嬤和美麗出院，帶東西回去。」兩位警察叔叔都開心的說著。

「美麗！阿嬤！」剛好主治大夫走了進來。

「醫生，謝謝你，謝謝你，要不是你，我們都沒有想到我們家美麗有站起來的一天……」

「你真是個好醫生，好醫生啊！」阿嬤不住的感謝，只差沒有跪在地上拜了。

「這個世界上沒有什麼好醫生，只有仔不仔細的醫生而已，我只是比別人仔細罷了！」主治大夫說著。

「我來，只是要告訴你們，醫藥費，那個兒童基金會跟我們醫院的教學基金會已經一起付清了，你們可以出院了。」主治醫生說著。

「謝謝，謝謝。」阿嬤仍然不住的感謝。

「其實美麗上次義賣的錢，就已經足夠付醫藥費了，你們真的不用感謝我，感謝自己吧！」主治醫生笑道。

「我是有把美麗的個案排進我的研究計畫，這樣我們醫院的教學基金會才能介入，讓醫藥費低一點，不過……」主治醫生停頓了一下。

「不過什麼？」美麗和阿嬤一起問著。

「不過，我會在一些醫學的研討會上，報告美麗這個個案，但是會改名，尊重美麗的隱私。」主治醫生說明著。

「沒問題的，沒問題的，只要對醫生有幫助，我們都很願意做。對醫生的研究有幫助，我們也是做一件好事。」阿嬤開心的說著。

「那就好。」醫生欣慰的笑笑。

「你們來台北這麼久，要不要在台北玩一下，就這麼匆忙要回家了嗎？」醫生主動的問著。

「我們研究團隊的很多人，都很想招待阿嬤和美麗在台北玩玩，你們家美麗畫了這麼多的畫給我們。」這回換主治醫師不好意思的說。

「不了，不了，我們好久沒回家了，要回家看看。剛好警察先生上來台北，我們一起回去也比較方便。」阿嬤堅持著馬上要走。

「那就尊重阿嬤的意思，但是下次有機會來台北玩的時候，要跟我們研究團隊連絡。」

「醫院是不說再見的，但是，我相信在我的醫生生涯裡，是很難忘懷美麗和阿嬤的，祝福你們從此之後都平安、順遂。」沒有說再見的醫生，用祝福和美麗他們一大夥人道別。

雖然阿嬤趕著回家去，但是老王叔叔和小李叔叔，很想在台北走走、看一下百貨公司。

結果他們一行人到中正紀念堂去了一下。

「好大的鯉魚喔！」美麗對於魚池裡頭的鯉魚非常有興趣。

小李叔叔還買了魚飼料，讓美麗可以餵魚。

「下一次，不知道什麼時候可以上台北來玩！」美麗望著魚池裡頭的魚，不禁這樣喟嘆。

「美麗，考上台北的大學，就可以每天在台北了啊！」小李叔叔鼓勵美麗好好讀書，考上台北的好大學。

「美麗，如果考上台北的好學校，老王叔叔一定找警察局這些好同事，送妳一隻鋼筆，讓妳帶著上台北來讀書。」

「那阿嬤怎麼辦？」美麗反問老王叔叔。

「我會捨不得阿嬤。」美麗低著頭想著。

「阿嬤一個人在老家也沒關係，隔壁都是鄰居，這麼多好人圍在我的周圍，不用擔心阿嬤，妳的前途比較要緊。」阿嬤說著。

「不行，我要照顧阿嬤！」美麗搖搖頭。

「妳要讀好書，有好工作才能照顧阿嬤啊！所以才要來台北讀書。」小李叔叔和老王叔叔都這麼說。

「可是……」美麗囁嚅著。

「不過還早啦！美麗才小學而已，現在就想到大學的事，未免太早了啦！」小李叔叔說道。

「說得也是，還早呢！我們在擔什麼心啊？應該先高興美麗的病已經醫好了才是！」老王叔叔笑道。

「阿嬤、美麗，我們在台北找個地方，吃個豬腳麵線，再回家。我請客。」小李叔叔建議著。

「謝謝警察先生，也是，從醫院出來，去去霉氣，吃豬腳麵線最好了。」阿嬤也表示贊同。

他們一行人就在台北火車站附近，找了一家店面，吃了一頓豬腳麵線，再搭乘火車回家。

◆

「講到這裡，這些好像昨天的事一樣啊！」美麗說著這些陳年往事，淡淡的笑著，也嘆了好大的一口氣。

「後來妳是什麼時候再來台北的呢？」我問著美麗。

「就是考上了大學，上台北來讀書。」美麗說到這裡，還從袋子翻了好久，翻出一枝筆來。

「這就是老王叔叔說要送我的鋼筆！」

我看著那枝鋼筆，仔細端詳著，上頭寫著某某警察局敬贈，還有鵬程萬里的字眼刻在上頭。

「小李和老王都是古意的人啊！」我看了那枝鋼筆，不禁覺得好笑，這年頭哪還有人在用鋼筆呢？都用電腦打字了。

「是啊！幾乎沒有在用這枝筆寫字，但是看到這枝筆，總讓我想到許多美好的舊時光！」美麗悠然的說著。

原本以為美麗上了大學，一切就太平了。

但是，美麗接下來說的事情，讓我大感吃驚。

13

上大學

美麗自從病好了之後，表現的更為爭氣。

她一路考上第一志願的高中，又考上了台北一間國立大學的新聞科系。

「妳不是很喜歡畫畫嗎？怎麼沒有考慮去讀美術班？」那天下午，我坐在兒童基金會裡面，讓美麗畫我時，這樣問著美麗。

「畫畫也不能當飯吃，只能當興趣啦！」美麗跟我說著。

「妳怎麼會這麼想呢？妳靠著畫畫養活自己和阿嬤，什麼畫畫不能當飯吃？」我驚訝的反問美麗。

「我不知道耶，我只是覺得大家買我的畫，有點像是當初義賣公主畫的味道，可以得到一幅自畫像，又能夠做好事，大家都很樂意，可是我真的有那個天分當畫家嗎？坦白說，我自己也不覺得。」

「妳聽，妳聽，林小姐，鼓勵、鼓勵我們美麗吧！大家都一直跟她說她畫得很好，她自己就是不相信！」基金會的周小姐聽到我們的談話，也插進話來。

「廖美麗，妳知道嗎？上帝給了妳一個很棒的天分，妳的畫讓這麼多的人可以圓夢，不可以小看自己。」我定定的望著美麗的眼睛，跟她這麼說著。

「是啊，小看自己，就是小看上帝。」這個兒童基金會雖然沒有宗教的色彩，但是當初成立的創始成員都是基督徒，很多在裡面工作的職員、義工也都是基督徒，所以在這裡動不動會聽到上帝愛你這種話。

「我們有一位受助童，跟美麗差不多大，是在非洲，這個孩子也是有繪畫天分，現在也去就讀藝術科系了。」周小姐娓娓的道來。

「我們基金會的人，都覺得美麗畫得還比較好，大家都勸美麗去考關渡那間藝術大學，她就是不肯。」周小姐遞給我和美麗各一杯蜂蜜茶後，就出門去了。

臨出門前，還是不忘要我勸勸美麗，說其實很多人願意贊助她就讀藝術學院，就看她願意不願意。

「為什麼呢？」我好奇的問著美麗。

「嗯……」美麗低頭不語。

「是為了趕快工作，讓阿嬤過好日子嗎？」我反問著美麗。

美麗點了點頭。

「還有……」美麗繼續說著。

「我爸爸當年也是想當畫家……」美麗終於開口提及自己的父親，從來沒有聽她談起過爸爸。

「我如果去考美術系，不僅是阿嬤，連我都會有點怕怕的！」美麗的眼睛有點垂下來說著。

「我的畫畫天分，其實是遺傳自爸爸。但是爸爸當年懷抱著畫家夢，卻一直不得志……」美麗嘆了好大的一口氣。

「也一直沒有個穩定的工作，他所有人生的不順利，都從他的工作開始，我不想跟他一樣。」美麗年輕的臉龐有著一抹憂鬱。

「那怎麼會想讀新聞科系呢？是想當記者嗎？」我好奇的問著美麗，這個做事很實在的女孩。

「那時候是想說畢業了，可以考記者，也可以考公務員，去當新聞處的人員，我覺得比較保險。」美麗淡淡的說著。

「妳現在呢？在做什麼呢？」我問著美麗。

「我在當記者。」

原來美麗在一家大報社當地方記者，主跑的地方就是自己的老家一帶，是一份很穩當的工作。

「很棒啊！又可以繼續畫畫，這樣的安排也是不錯的。」我打從心裡真誠的跟美麗這麼說。

「我可以理解妳為什麼這麼做！創作是需要人生經驗的。」我跟美麗這樣說著，這也是我的經驗談。

「林小姐，謝謝妳的理解……」美麗用一雙充滿感激的眼神望著我。

「要畫，也要有感動要畫些什麼啊！這是一份好工作，當地方社會記者，會看到很多感人的故事，都可以成為妳畫筆下的題材，不是嗎？」我鼓勵著美麗，就好像鼓勵著自己一樣。

「嗯……」美麗用力的點了點頭。

「當初要上台北的時候，阿嬤不是會很捨不得，妳也會很捨不得阿嬤吧！」我心疼的問著。

「唉！」美麗又紅了眼眶。

◆她接著跟我說起那一段往事。

「乖孫啊！要去台北讀書了喔！」阿嬤和美麗在鄉下附近的田裡走著。

這些田跟美麗和阿嬤都沒有關係。

阿嬤早些年身體還健壯的時候，會去田裡幫忙種田、種花生，但是年紀大了，八十幾歲的老人，根本也沒有人要請她幫忙。

「阿嬤，我還是覺得我做錯了，不應該聽你們的話，填台北的學校。應該堅持我本來的想法，我的分數可以填離家比較近的學校，每個星期都可以回家來看看妳，我也比較放心。」美麗不捨的說道。

「美麗，去台北見見世面，讓眼界比較寬，這對妳比較有幫助，不要讓阿嬤拖累了妳！」

「阿嬤，說什麼拖累，因為有妳，我才有努力的目標，妳不是我的拖累，妳是我努力的原因。」

「聽妳這樣說，我的人生就值得了。」阿嬤笑笑的說著。

「妳上台北了，碰到好的男孩子，也要交交男朋友了，不要考慮阿嬤，妳是阿嬤的公主，妳要到好人家過生活，不要像阿嬤一樣油麻菜籽命。」阿嬤輕嘆了一聲，那裡面包含著許多辛酸。

「阿嬤，我到哪裡都要帶著妳，就算我結婚，也要把阿嬤帶著一起嫁！」美麗堅定的說道。

「那怎麼成，阿嬤沒辦法幫妳準備嫁妝，難道阿嬤要當成妳的嫁妝，跟著嫁到人家家去嗎？不成體統啦！」阿嬤說到自己都笑了出來。

「將來我要嫁的對象，一定要把阿嬤也當成他自己的阿嬤，我才要嫁，要不然我就當成老姑婆，一輩子陪在阿嬤的身邊。」

「那太難了，不要這麼想，阿嬤可以一個人過。」

「不行，這妳一定要依我，要不然我就不去台北唸書了。」美麗有點小小的跟阿嬤耍無賴。

「好啦！好啦！」阿嬤苦笑著答應。

這時候，遠遠的聽到郵差先生的叫喊聲。

「美麗啊！妳的掛號信！」

郵差先生從家裡騎到田裡來，特別送來掛號信。

想必是一封很重要的信件。

14

意想不到的來信

原本美麗和阿嬤都以為這是學校寄來的信，有一些重要的事要通知，才特別寄掛號。

結果那封掛號竟然是個現金袋。

裡面放了六千元的現金，和一張紙，上頭寫著。

「從報紙上發現妳的名字，考上了大學，恭喜妳。」

那個署名，當美麗唸出來的時候，美麗和阿嬤都驚訝到嘴巴張得大大的。

「妳媽媽竟然來聯絡了！」阿嬤不敢置信的說著。

「她不是我媽媽，她沒有資格說她是我媽媽，妳看她連署名媽媽都不敢，她沒臉那樣做。」美麗氣憤填膺的說道。

「別這樣說，她畢竟是生妳的媽媽啊！」阿嬤不要美麗這樣想。

「我的媽媽是阿嬤，我的爸爸也是阿嬤，我只有這個想法，其他想法都沒有。」美麗還是說得很氣的樣子。

「我明天就把錢送回原地址，我不要她的錢，這麼多年都沒聯絡，以後也不要聯絡了。」

「美麗，不要這樣，她或許是想做些彌補。」阿嬤積極的跟美麗勸說著。

「不要，她憑什麼？」美麗氣呼呼的說著。

「阿嬤最近也常常想到妳媽！」阿嬤這樣說道。

「為什麼，妳想那個女人做什麼？」

「阿嬤是這樣想，阿嬤年紀也大了，哪一天要走了，妳一個人孤零零的在這個世界上，阿嬤不放心啊……」

「我不准阿嬤這麼說！」美麗大聲的制止阿嬤繼續說下去。

「這一天終究是要來的啊，孩子！」阿嬤眼眶紅紅的這麼說。

「不會的，阿嬤會長命百歲的！」美麗的鼻子也稍微紅紅的、酸酸的。

「她畢竟是妳的親生媽媽，在我走之前，把妳跟她牽上線，妳在這個世界上，我也比較安心，也可以放心的走了！」

「我就是要妳不放心，這樣，妳就不會隨便離開這個世界了！」美麗嘟著嘴不捨的說著。

「這也由不得阿嬤啊！」阿嬤嘆了好大、好大的一口氣。

阿嬤說不動美麗，第二天美麗就把那包錢和信都原封不動的寄了回去。

阿嬤想要偷偷留下地址，因為不識字，也做不成。

美麗在寄信回去的時候，知道媽媽是從台北寄來的，但是她一點都不想知道她住在哪裡，所以根本連記都不想記。

「其實她媽媽那包錢寄來的正是時候！」阿嬤跟前來探視的基金會的李小姐這麼說著。

「她身上也沒什麼錢，上台北的生活費也比較高，學費、生活費她都要自己想辦法，我也幫不上忙！」阿嬤煩憂著。

「阿嬤，沒關係的，你們家的美麗這麼的將才，我們基金會一定會想辦法幫忙的啦！」李小姐每次跟阿嬤說話時，都要特別用蹩腳的台語說著。

「真的很謝謝李小姐和基金會，要不是你們一直關心著我們，我們家的美麗是真的沒有辦法上大學的，這我知道。」阿嬤又謝到差點要跪下去了。

美麗心裡也是有同樣的想法。

回想著從小學開始，這個兒童基金會從警察局那裡接手美麗他們家後，這一路上自己一直得到他們的照顧。

「為什麼你們要對我這麼好呢？」美麗小時候忍不住問了李小姐。她不明白，連自己的媽媽都撒手不管自己，卻有人跟自己非親非故，仍然持續的關心著自己、幫忙著自己。

「因為上帝喜歡我們對祂的兒女好啊！上帝喜歡每一個小孩！」

美麗並沒有信仰這個宗教，但是，在她的心裡，李小姐這些人所做的，跟上帝也沒兩樣了。

遇上學校要繳學費，基金會的愛心捐款人會提供助學金，幫助美麗繳學費、拉她一把。

美麗常常覺得自己不僅僅是為了阿嬤讀書，也是為了這些不知名的捐款人而讀書。

從小學開始，美麗就格外珍惜可以求學的機會，在學校裡的表現也非常好，在一些畫畫、朗讀等等才藝比賽，常常代表學校出去比賽，也都獲得不錯的成績。

除了提供獎助學金外，像李小姐這樣的工作人員，平常也常來美麗家中，觀察有沒有什麼需要幫助的地方。

擔心美麗沒有爸爸媽媽，在愛上會有缺乏，基金會也會安排美麗參加課後輔導，會安排一些大學生志工來陪讀。

寒暑假還有冬夏令營活動。

這當中，美麗還曾經不能走路，由阿嬤推著輪椅上學。

但是這些家庭和健康的不幸，從來沒有造成美麗心中的陰影與缺憾，美麗從來沒有覺得比人家差過。

因為這些基金會的哥哥姊姊，透過基金會的各項活動，讓美麗對這個世界有更廣泛的接觸，反而比其他的同學，有更多接觸社會不同領域的機會，不會因為少了爸爸媽媽，就少了許多資源。

美麗也變得更為開朗、活潑，也因為各項成績、各項活動的表現良好，讓她對自己更有自信。

「好像讓基金會養小孩，還比爸爸媽媽自己養小孩來得好。」隔壁的阿好伯母曾經苦笑著對阿嬤這樣說。

因為阿嬤的國語能力有限，本來阿嬤一直害怕美麗讓她這個老太太來養，可能會落得跟美麗的爸爸一樣的下場。

因為她能夠給美麗的真是有限，連溫飽都談不上。

本來還擔心美麗愈讀愈高，各項的學費也會跟著提高，阿嬤操煩家裡會負擔不了。

結果，只要美麗的學費單一來，就有不知名的捐款人會認養，提供獎助學金，讓美麗一路讀了上來。

「我們要怎麼還人家呢？」阿嬤常常這麼跟李小姐問道。

「在能力範圍內，對別人好，把上帝的愛傳遞出去，就夠了！」基金會的李小姐每次都跟阿嬤這麼說。

阿嬤根本不知道什麼是上帝。

「上帝大概也是一種神明吧！」阿嬤跟美麗這麼說。

「不過是給了不會要回去的神明喔！」阿嬤也跟隔壁的阿好伯母這麼講。

「我的孫女不會像她爸爸一樣，連找個工作的能力都沒有！」阿嬤總是這樣心得安慰的說。

「這就夠了，這就夠了！我的孫女不會過苦日子了！」

阿嬤是這樣相信著。

那個時候，美麗也是同樣的相信著。

15

很想很想阿嬤

美麗就這樣隻身前往台北讀書。

出發的那天，阿嬤和警察局的叔叔們都來送她。

美麗人都已經站上了火車，阿嬤還一直叮嚀。

「讀書重要，身體也重要，有什麼事一定要講，不要苦自己，讀不好也沒關係，知道嗎？」阿嬤哭著說。

美麗也是哭成一團。

畢竟阿嬤和美麗從以前到現在都沒有分開超過一個禮拜。

現在美麗要去台北讀書，算一算來回的交通費以及時間，可能得要放長假才能回來。

「阿嬤，自己也要保重！不要太省，要吃營養一點喔！」當火車要發動的時候，美麗還依依不捨的說。

「美麗，不要擔心，我們會幫妳照顧阿嬤的……」小李叔叔、老王叔叔揮著手跟美麗保證。

在南部的李小姐，還請他們基金會在台北的同事周小姐多照顧、照顧美麗，並且安排了她在基金會工作，這樣半工半讀，美麗的收入可以養活自己，也照顧阿嬤，算是一個不錯的福利。

但是美麗在火車上時，就已經開始想家了。

「乾脆在這裡跳車、回阿嬤家好了，也不要去台北讀書……」美麗滿腦筋都是這種衝動。

很奇怪，以前跟阿嬤的種種都在此時浮現。

想到跟阿嬤看著一塊豆腐都很滿足的畫面。

想到阿嬤推著輪椅跟自己一起上學的畫面。

這樣的畫面太多太多了。

自己跟阿嬤簡直就像連體嬰一樣，現在卻要硬生生的分開。

美麗從小到大，各種物質上的苦，她都不覺得有什麼好苦的？甚至還能苦中作樂、享受其中。

「但是今天這種想家的苦，怎麼那麼難熬呢？」美麗也不禁奇怪了起來，自己問著自己。

美麗還開始自己怨自己：「那麼有出息，幹什麼呢？那麼拼，苦了自己，也苦了阿嬤！」

美麗想到這裡，就不禁淚漣漣：「自己都難過成這樣，更何況是阿嬤，都已經八十幾歲了，卻要忍受孫女遠行讀書，自己一個人在家裡……」想到這裡，美麗都不敢往下繼續想。

到了台北，基金會的周小姐就在火車停車處等著美麗，卻看到一個哭到眼睛腫、鼻子紅的美麗。

「怎麼了？已經開始想家了，是嗎？」周小姐輕聲的問著。

美麗點了點頭。

「我瞭解，我也是南部小孩，上台北來讀書、工作，我知道這種辛酸。」周小姐說道。

「周姊姊……」美麗不知道為什麼，就是有滿腹的委屈，抱著周小姐痛哭了起來。

「我真的很擔心我阿嬤，她都八十幾歲了，要一個人在家，也不知道會怎麼樣，我真的很擔心啊……」美麗就在火車站大聲的哭了起來。

可能這一哭，也觸動了周小姐這個遊子的心情，連她也跟著美麗在火車站哭了起來。

「沒關係的，那裡有人會招呼阿嬤，我們基金會的李小姐有說，會常去看看阿嬤，鄰居也會幫妳多留意的，美麗，妳自己要加油耶！要撐過去啊！妳不是一直想要趕快獨立，有個好工作，奉養阿嬤，讓老人家晚年過著好日子嗎？」周小姐拍拍美麗的肩膀，跟她細聲的說著。

「阿嬤已經晚年了，我都還沒獨立，我真的好糟啊！怎麼那麼糟啊？」美麗沒停的哭著說。

「慢慢來，妳也才十八歲，而且妳已經盡了最大的努力，以前也都是妳在養家、照顧阿嬤的，不是嗎？」

「不夠、還不夠，我做得還不夠好！」美麗還是很自責。

「放過自己吧！孩子，已經很好了啊！」周小姐自己說到這裡，也忍不住又哭了一場。

「先回到基金會，我們有幫妳安排宿舍，從基金會趕快打個電話給阿嬤，別哭了……」

「好！趕快打電話給阿嬤，讓她知道我已經安全到了台北。」

美麗和周小姐坐著公車，到了基金會後，行李都還沒放好，周小姐就趕緊幫美麗撥了通電話。

其實美麗家本來並沒有電話，因為裝隻電話也要不少錢，但是為了美麗上台北讀書，阿嬤和美麗還是咬牙，硬是裝了一隻電話在家裡。

「阿嬤，我是美麗啦！」聽到阿嬤「喂」的聲音，美麗趕緊報上名來。

「美麗呦！」阿嬤的聲音聽起來有點哭著的感覺。

「阿嬤，怎麼了？」美麗捨不得的問著。

「沒啦！沒啦！要加油喔，阿嬤等妳回來啊！」阿嬤在電話那頭說著。

「阿嬤，基金會的周小姐說，我在基金會工作，每天可以用公司的電話打給妳，跟妳問好，不用錢的！是執行長特別允許我這樣做的，他知道我不放心妳一個老人家在家裡。」美麗興奮的跟阿嬤報告著。

「而且，我的薪水是先領後做，所以我已經請李小姐，把這個月的薪水趕快拿給妳，妳不要捨不得花喔！自己要吃得營養一點！」美麗不放棄的耳提面命著，再三囑咐叮嚀。

「電話費不用擔心，是用我的名字申請的，我有辦轉帳，會自動扣款，阿嬤都不用煩這些事，我都辦好了。」

「好！好！好！」阿嬤只是一個勁的說好。

當美麗掛下電話時，這才發現全辦公室的人都在看她。

「對不起、對不起……」美麗趕緊九十度鞠躬跟同事們抱歉。

因為阿嬤的耳朵也不好了，美麗講電話時，簡直是要用吃奶的力氣，對著話筒喊話，所以全辦公室的人都聽得到她在跟阿嬤說什麼。

原本安靜的辦公室，先是一陣寂靜，後來卻響起如雷的掌聲。

執行長過來跟美麗說：「好孩子，我們知道妳跟阿嬤很親，不要擔心，上帝會照顧阿嬤的……」

「妳是上帝的女兒，阿嬤也是上帝的女兒啊！上帝都會負起責任好好照顧她的……」

美麗真的不知道上帝會不會照顧阿嬤。

但是執行長要她放心，看看自己從小到大，也是被上帝好好照顧長大了。

這點她倒是心有戚戚焉。

16

台北的日子

美麗在台北開始了半工半讀的生活。

學校的課業相當忙碌，因為這間國立大學新聞系相當有名，所以為了維持學生的水準，老師也異常的嚴格。

再加上基金會工讀生的工作，已經讓美麗夠忙碌了。

由於基金會的工作，美麗完全把錢給了阿嬤，在台北的生活費和雜費，美麗還是要靠畫畫維持。

總結台北的日子，就是一個忙碌了得。

「忙也好啦！就沒有空想家了！」美麗是這樣想著。

但是每天晚上在辦公室打電話給阿嬤時，幾乎都還是要哭上一場。

尤其最讓美麗擔心的是，幾次打電話回去，阿嬤不知道是不習慣聽電話還是怎麼樣，美麗總覺得阿嬤的反應變慢了許多。

常常都在狀況外。

「是不是沒有人每天跟阿嬤說話，她的腦筋會退化啊？」美麗很擔心的問著周小姐。

「別在那裡瞎猜了，沒的事啦！」李小姐笑美麗是庸人自擾，沒的事也會被她想成有的。

美麗不放心，還是打了通電話給警察局的小李叔叔。

小李叔叔也是勸她別多想，「沒的事，好嗎？我的美麗小姐，好好讀書才是！知道嗎！」

小李叔叔倒是很關心美麗在學校，有沒有男同學追她。

「我們警察局的美麗好歹也是警察局之花，怎麼台北的男生都瞎了眼了嗎？」聽到美麗一直在學校當「壁花」，小李叔叔不解的說道。

「談戀愛是大學必修的學分，美麗，妳不能曠課啊！」小李叔叔「積極」的催促著美麗談戀愛。

「好啦！好啦！我是來問阿嬤的事，我很好啦！」美麗被小李叔叔問到沒好氣的掛了電話。

「我哪有空談戀愛啊？」美麗心想著，一天二十四個小時都已經不夠用了，哪有多出來的時間談戀愛呢？

不過也不是沒有人對美麗釋放「好意」。

上次在學校打過大學新聞盃的混合壘球賽，就有一位學長對美麗印象深刻。

「妳就是那位很會畫畫的美麗學妹嗎？」這位壘球、棒球都打得很好的林國雄學長，特別前來跟美麗「搭訕」。

「學長好！」美麗跟這位學長示意。

結果當天，基金會的同事們就接到這位學長打來的電話。

因為美麗在通訊錄留的就是基金會的電話，所以學長才會打來這裡。

「請問廖美麗在嗎？」國雄學長在電話那端問起。

「請問你有什麼事嗎？」接電話的剛好是執行長，

「是這樣的，我撿到一本課本，可能是美麗掉的，我明天在『空教室』等她，請她過來拿！」國雄學長沒頭沒腦的跟執行長說起。

「空教室！你這個兔崽子！」執行長說得咬牙切齒的樣子。

「約人家女孩子約到空教室，你是何居心啊？」執行長氣得直罵。

並且在電話裡頭，執行長就「訓勉」起國雄學長，這年頭大學生好歹是個讀書人，讀書人就要有讀書人的樣子。

學長在電話裡頭百口莫辯，只能乖乖聽訓。

等到美麗回來後，一問之下，這才知道那間「空教室」，是「控制室」，是他們學生實習電視副控的教室，大家都簡稱那間教室是「空教室」，因為大家常在那裡放「空」。

「哈哈哈……」全辦公室都笑到人仰馬翻的。

由於基金會很多同事都住在公司提供的宿舍，所以到了晚上，還是有不少人在辦公室裡頭工作著。

「執行長好恐怖，這樣怎麼會有人敢追美麗啊？」同事們笑說執行長像個老爸爸，對來追的男生都不太客氣。

「沒辦法，誰叫那小子自己不解釋清楚。讀什麼新聞系，連話都說不清楚，讀什麼讀啊？」執行長自己還振振有詞的。

「我這樣做也沒錯啊！美麗真的就像是我們基金會的女兒一樣啊！我當然對那種登徒子會很不高興囉！」執行長替自己解釋著。

「美麗，妳以後沒有男朋友，當老小姐的話，就要怪執行長，是他太嚴苛了！」辦公室同事逮住機會，還是忍不住虧一下執行長。

由於這個工作，很多同事雖然是領薪水，但還是做得像是義工一樣。

這個話的意思就是，大家都很不計較上班時間，不像一般的上班族，下班就一定準時走，絕對不會在辦公室多待一分鐘。

大家在這個兒童基金會，有點像是在學校參加社團，都很樂意付出、給予，再加上很多人都有同樣的宗教信仰，相處起來比較像一家人的氣氛，跟一般外面的公司行號不太一樣。

美麗聽同事們這樣說起學長，也只是笑笑。

「我要先打電話給阿嬤！」她真的一點也不急著回覆學長，倒是比較擔心今天阿嬤過得好不好。

「不要鬧了！不要鬧了！美麗要打電話給阿嬤，大家安靜點喔！」相處久了，同事們都知道這是美麗一天當中最重要的一件事，彼此都會提醒，不要發出聲響，吵到了美麗。

「叮……叮……」電話鈴聲一直響著，但是阿嬤卻沒有來接電話。

美麗撥了幾次都這樣。

她開始焦急了起來。

「美麗，別緊張，可能老人家有事出去了。」同事們勸著美麗。

「不會，八點多了，阿嬤都要睡覺了，不會出去的，不知道發生什麼事了？」

美麗緊張的拿著話筒踱步。

「美麗，先不要多想。」

「是啊！美麗，阿嬤可能還在洗澡！」

「也可能突然出去串門子了，有很多可能性啊！」

同事們你一言我一句的說著好的可能。

但是，美麗滿腦子想的都是不好的可能。

「美麗，不是有隔壁鄰居的電話嗎？打給那位伯母，請她過去隔壁看看，妳也比較放心！」執行長建議著。

「是啊！反正時間不算太晚，那位伯母應該還沒睡！」同事們也附和著。

「嗯！」美麗也正打算這麼做。

阿好伯母接到美麗的電話，馬上就到隔壁去。

過了一下子，美麗接到阿好伯母的電話。

「不好了！美麗，妳阿嬤躺在地上！」

聽到這裡，美麗滿腦子一片空白。

17

阿嬤怎麼了

美麗整個人失去重心坐在位子上。

同事們都圍了上來。

「怎麼了？怎麼了？」

「美麗，先喝口水、喝口水。」

「別這樣子啦！嚇死人了！」

同事們七嘴八舌的，美麗覺得整個人都缺氧，呼吸不到空氣。

「美麗啊！美麗啊！」電話筒那端傳來阿好伯母的聲音。

「怎麼會這樣，阿嬤現在怎麼樣？」美麗講電話的聲音都在顫抖。

「沒事啦！還好妳有打電話給我，阿嬤剛才就是突然跌了一跤，就怎麼爬也爬不起來，剛剛我把她扶了起來，坐在椅子上了……」阿好伯母講得氣喘吁吁的樣子，想必剛才也是費了一番功夫，才把阿嬤扶到椅子上。

「等一下喔，讓阿嬤喘口氣，讓她跟妳講話喔！美麗……」阿好伯母在電話那頭聽起來手忙腳亂的樣子。

過了半晌，阿嬤才拿起電話筒，微弱的開起口來：「美麗啊……」

「阿嬤……」美麗才喊了一聲阿嬤，自己已經哭到不行了。

「我的乖孫，別哭了，阿嬤沒有事啦！只是不小心跌了一跤而已，不要緊的啦！」阿嬤安慰著美麗。

「有沒有哪裡受傷，明天去醫院檢查一下，好嗎？」美麗一直勸著阿嬤要去醫院一趟。

「不用啦！就是老了！沒什麼要緊的啦！」阿嬤也是說什麼都不肯去醫院。

「阿嬤，妳就是這樣，說都說不聽……」美麗有點沒好氣的說。

「沒關係啦！我自己的身體，我自己知道，沒事的啦！妳不要擔心，好好讀書就是了……」

阿好伯母說要扶阿嬤上床休息，電話也就掛了。

掛上電話，美麗的心也一直懸在那上頭。

「美麗，稍安勿燥，別這樣急，急也沒辦法解決啊！」基金會的周姐這樣跟美麗勸說著。

「周姐，我想休學，或是轉學到我家附近的學校，這樣我真的比較安心，比我在台北這樣相隔遙遠，一直擔心阿嬤的狀況，好得多！」美麗上台北後一直有在盤算這件事情。

「可是，妳讀的這間學校很好，不繼續讀下去，不是很可惜嗎？很多人想考都考不上耶！」周姐的神情看起來不是很贊同美麗的想法。

「接她上台北來呢？反正宿舍還有地方可以住！」周小姐這樣的建議，但是她聲音愈說愈小，好像自己也覺得這樣的建議不太妥當。

「她沒辦法住在台北的，在那裡還有老鄰居，她比較有伴，上台北來，人生地不熟的，可能會更不適應。」

「不過，休學絕對不是個好方法。這學期也開始讀了，妳現在提這件事，也沒辦法進行，就算要轉學，也要大一讀完了，升大二才能考轉學考，而且那還要妳大一的成績很不錯，妳才能轉得出去，先把目前的功課讀好才是重點。」周小姐一直安撫著美麗，要她專心在當下。

「唉！」美麗對於這件事也是滿心煩的。

第二天基金會的李小姐去了阿嬤家一趟，然後打了個電話到台北給美麗。

「李姐，怎麼樣？阿嬤的情形如何？」美麗焦急的問道。

「是有一些皮肉傷，有些黑青，不過大致上，看起來是還好。」李小姐轉述了看到的情況。

「李姐，我這個星期六早上的課我請了假，原本排的工作也把時間重新調整了。星期五晚上就搭夜車回去，星期六一早就回阿嬤家，我還是要回去看看，我人比較放心。」美麗訴說著她的計畫。

「好啊！最主要也是安妳的心，妳回來看看也是好的。安心了，也才能好好讀書、工作。」李小姐這樣子說道。

那一整個禮拜，美麗都歸心似箭，巴不得星期五的晚上趕快到來。

「妳不會這趟下去，就不再上來了吧！看妳這個樣子，心神不寧的樣子！」基金會的周小姐這樣子問她。

「美麗啊！要忍得過去，現在是妳非常關鍵的時刻，從小到大苦讀了這麼多年，能夠有這麼一間好學校可以就讀，要好好把握，阿嬤也一定希望妳這樣做的。」執行長也過來勸美麗。

「我知道基金會的人都很照顧我，我知道大家的用心，但是我就是沒有辦法不去想阿嬤的狀況……」美麗苦著臉說。

「是啊！從妳小的時候，你們兩個就相依為命，這是可以理解的，可是人生還長得很啊！孩子！」執行長苦口婆心的說著。

「不管怎麼樣，下去看了阿嬤，星期天還是要坐夜車回來，我星期一一早去接妳，把妳送到學校去，知道嗎？」李小姐堅持著。

「妳要答應我們。」執行長這樣子說。

美麗勉強點了點頭。

星期五晚上坐上了夜車，美麗興奮到睡不著覺。

下了火車，美麗趕緊坐上第一班發車的客運，搖搖晃晃的回家去。

從村頭下車，美麗就飛奔回阿嬤家。

遠遠的，已經看到阿嬤在家門口前，拿根枴杖站在那裡等著。

「阿嬤……」美麗大聲的叫著。

阿嬤也跟美麗揮著手。

「我的寶貝孫回來了！」阿嬤看到美麗時，眼睛都紅紅的。

美麗也是哭到不行的說：「阿嬤，妳怎麼拿枴杖了？我走之前，妳都不用拿這種東西的。」

「老了啊！這也是沒辦法的事。」阿嬤笑笑著說。

美麗沒有說出口，可是才一個多月沒見，阿嬤看起來就老了許多，頭髮白了不少，整個人的神態也沒有以前那麼勇健。

心疼阿嬤的美麗，說也說不出話來，只有哭得不停。

「美麗，妳在哭嗎？」阿嬤湊著美麗的臉，細看著說。

阿嬤竟然連眼睛都變得不好了，還要湊得很近，才看得見美麗。

「阿嬤，我是感動啦！不是難過的哭，我上台北真的很想妳，看到妳老人家，我真的很高興，才會哭的。」美麗解釋著說道。

「知道妳要回來，阿嬤昨天晚上高興到睡不著呢！」阿嬤笑著說。

「是啊！我也是，在夜車上也是睡不著覺！」美麗回說。

「趕快進來，趕快進來，阿嬤準備了妳最愛吃的地瓜稀飯，配醬瓜還有肉鬆，妳最愛這樣吃了。」阿嬤這樣說著。

「可是阿嬤不是最討厭地瓜了嗎？妳看到地瓜就怕，說以前吃到怕了啊！阿嬤準備自己喜歡吃的就好，不要特別為我弄這個啦！」美麗跟阿嬤抗議著。

「妳喜歡吃，阿嬤現在就喜歡吃，一起吃、一起吃……」阿嬤笑說。

祖孫兩一早一起吃著早餐，這真是幸福的一天啊！

18

依依不捨

「妳說妳要休學？怎麼會這樣想呢？怎麼可以有這種念頭呢？」阿嬤聽到美麗的說法，非常詫異的反問著。

「還有轉學？轉到哪裡去呢？」阿嬤大聲的問著。

「我想轉到家裡附近的大學。」美麗囁嚅的說。

「可是家裡附近並沒有好的大學啊？」阿嬤反問道。

「妳還收了人家警察局鵬程萬里的鋼筆，然後就來休學、轉學，這樣對人家怎麼交代得過呢？」阿嬤不解的說著。

「阿嬤說過了，我不會拖累妳的，假如妳休學回來，我會良心不安的，不行，不行……」

「阿嬤，可是我真的不放心妳啊！」美麗叨念著。

「有什麼好不放心的呢？阿嬤活到現在，已經很滿足了，我的人生這樣就夠了，反而是妳……」阿嬤喝了口水。

「妳還有很多美好的人生可以開創，一定要撐過去，不要像妳爸爸，因為沒有個好學歷，也沒有個好工作，把一個家搞成這樣，說到這裡，阿嬤就覺得難過……」阿嬤拿起一塊手帕擦了擦眼角。

「美麗，聽阿嬤一句話……」阿嬤正色的說。

「嗯……」美麗心不甘情不願的坐好、聽著。

「妳要真是個孝順的孩子，就好好的回台北，把書唸好，大學畢業，其他都不要再想了，知道嗎？」

「答應我啊！孩子！」

美麗悶聲不吭。

「乖孫，妳要答應我啊！妳要說說話啊！」阿嬤不放棄的繼續問道。

「好啦！好啦！」美麗答應得有點不乾不脆。

「這才是阿嬤第一名的乖孫喔！」阿嬤欣慰的說著。

星期六白天的時候，美麗陪著阿嬤到自己小時候就讀的小學去，因為阿嬤突然說想去看看。

「美麗，還記得嗎？以前阿嬤每天都推妳來上學的事情。」阿嬤自己回想起來都笑了出來。

「記得啊！都好像昨天的事情一樣啊！」美麗也懷念著說。

「是美麗的阿嬤嗎？」突然有一位女士走到他們這對祖孫的前面來。

「美麗的老師，是啊，我是美麗的阿嬤，這是美麗啊！」阿嬤指著陪在她旁邊的孫女。

「長太高了，都認不出來了！」老師欣慰的看著美麗。

「太好了，美麗走幾步路讓老師看看！」老師跟美麗說著。

美麗乖乖的像走台步一樣走了幾圈。

「很好、很好，老師有時候都會想起來，想說妳的病是不是都一直控制得很好呢？」

「自從康復後，就沒有再犯了！老師。」美麗解釋著。

「真的是老天爺幫忙啊！阿嬤，恭喜妳，我聽說美麗考上台北一間很好的新聞系，阿嬤，妳就等著美麗畢業了，可以好好孝順妳了！」

「美麗就一直孝順我了啊！不用等到畢業啦！」阿嬤笑到嘴巴都合不攏了。

「謝謝老師一直記得我們家美麗。」阿嬤感激的說著。

「沒有辦法忘記啊！因為美麗幫我畫的畫，還一直掛在我們家客廳，每天都要看到，怎麼忘得了呢？」老師笑說。

「前一陣子，我和以前坐在我隔壁座位的蔡老師，還一塊去找師父，重新把我們兩個的公主畫又裱了一次，想說將來，我們還要傳給我們的孫兒、孫女呢！」老師笑說。

「這太榮幸了，老師，妳這麼不棄嫌！」阿嬤笑得更開心了。

「美麗，以後畢業了，有什麼打算呢？」老師問著。

「我想去大報社考記者，可以回來家鄉這裡當地方記者最好，一方面照顧阿嬤，一方面工作，薪水也很不錯。」

「很棒啊！以後當記者，要多報導像妳和阿嬤這麼勵志的故事，鼓勵、鼓勵我們小朋友，現在小朋友很可憐，打開電視都是那種打打殺殺的東西，我們當人家老師的，一天比一天難教孩子！」老師抱怨著現在的社會環境，讓學校教育的壓力愈來愈重。

「我會的，老師！」

「我想考新聞系，就是當年小的時候，看到記者叔叔、阿姨這樣報導我的事情，讓我得到這麼多社會上的資源和幫助，希望有一天，我也能做這樣的事，幫助那些跟我一樣的苦孩子，能夠被社會注意，被社會關懷，這是我小小的心願。」美麗解釋給老師聽。

「真棒！光聽，老師就巴不得妳現在就畢業！還有一件事……」老師不忘記叮嚀著美麗。

「妳的畫還是要繼續畫下去啊！知道嗎？」

「每次我心情不好的時候，我都會站在妳為我畫的公主畫前面，想到妳都可以看到我這麼美好的一面，我一定是個有力量的人，每次這麼想時，好像那個人就換了頻道一樣，重新得到力量。美麗的畫，真的可以幫助到人，這妳也要繼續維持下去喔！」老師鼓勵著美麗。

「我其實一直很想問問妳，是怎麼有辦法畫出這樣的東西來？」老師事隔多年才「想」起來問美麗。

「是因為阿嬤……」美麗說著。

「因為我？」阿嬤不可置信的指了指自己。

「因為阿嬤每次都用一種很關愛的眼神看我，她都看我怎麼看都很滿意的樣子，而且跟我說我是她的魔法公主，是個讓她更有力量的公主，我每次都用這招去看被我畫的人……」

「這樣畫著、畫著，自己也會喜歡上對方，看到對方很美好的那一面。也就順理成章畫出來了。」美麗說道。

「難怪！我就是覺得很奇妙，每次站在妳替我畫的畫前面，好像又重新看到自己，而且會更喜歡自己，妳的名字也取得好，心美，就看什麼事情都美麗！」老師笑著說。

「阿嬤，妳的教育很成功喔！妳對美麗好，美麗才有力量去對別人好，我們這些收到美麗畫的人，都要謝謝妳耶！」老師轉頭對阿嬤這麼說著。

「唉……」阿嬤突然嘆了一口氣。

「我或許是一個好阿嬤，但是……」阿嬤嘆了更大的一口氣。

「我卻不是一個好媽媽，我沒有把我的兒子教好，才讓美麗這麼小，卻擔子這麼重……」

「阿嬤，又來了，我又不覺得妳是我的重擔。」美麗唸了一下阿嬤。

老師就陪著美麗和阿嬤，在校園裡頭走走。

這天的天氣很好。

在老師的吹捧下。

美麗永遠記得，阿嬤笑得非常燦爛。

19

再上台北

星期天的晚上，美麗答應了阿嬤，又要上台北去了。

美麗幾乎是逼迫自己狠下了心，揹起行囊，走出了家門。

走了一大段路，又忍不住回頭看看。

這才發現阿嬤還沒進家門，杵著枴杖，仍然在門口望著自己的身影。

看到這裡，美麗整個人潰堤了，舉起手來，跟阿嬤再見。美麗用吼的方式說：

「阿嬤，我馬上就會回家來了！馬上就可以跟妳再見面了！」

說完後，美麗只能轉身用跑步的方式離開。

不這樣做，美麗怕自己會忍不住又走回頭路，鑽進阿嬤家，再也不想離開她老人家的身邊。

回到台北，美麗逼著自己鑽進課業和工作。

「美麗回來後，更積極了。」

「這是好事，最起碼不會再提那種要休學的鬼話！」

「這樣就好、這樣就好。」

基金會的同事們私底下竊竊私語著，也欣慰著美麗終於步上了正軌。

只有美麗自己知道，她只是麻痺了自己，不敢多想。

「我只能往前衝啊！我別無選擇啊！」美麗這樣想著！

有一天下課，美麗照平常一樣，準時的回到了基金會。

只見到全辦公室的人都在，但是面色凝重。

美麗上來台北後，從來沒有見過基金會的氣氛這麼低沉，跟往常嘻嘻哈哈的模樣大不相同。

「怎麼了啊？大家怎麼了？發生什麼事了嗎？」美麗不解的問道。

執行長往美麗這個方向走來。

他似乎欲言又止的。

最後，執行長好像鼓起了勇氣，開口跟美麗說：「美麗，妳先坐下來，把東西放好，喝杯水，喘口氣。」

美麗照著執行長的吩咐做，卻是一頭霧水。

「美麗，我要告訴妳一個消息，是個不幸的消息……」執行長說到這裡，一個大男人都痛哭了出來。

「妳阿嬤今天下午的時候突然走掉了。」執行長幾乎是一口氣的說完這句話，然後自己痛哭失聲。

「阿嬤能走去哪裡呢？她現在要用枴杖，行動也不方便，一個老人家能走去哪裡呢？」美麗一下子沒辦法會意過來。

「阿嬤突然心肌梗塞過世了，走得非常快，沒有痛苦，算是不幸中的大幸了！」執行長邊說，編把眼鏡摘下來擦拭。

「妳是說阿嬤死了？怎麼可能啊？」美麗笑著說。

「我上次回去的時候，她還好好的，怎麼可能就死了呢？」美麗有點哭笑不得的表情。

「大家在開我玩笑嗎？這個玩笑有點惡劣喔！」美麗不解的說著。

「是真的，剛才基金會的李小姐打電話來，把這個惡耗告訴我們，她要妳節哀，也要妳回家去處理阿嬤的後事……」執行長哭著說。

「妳不要擔心，周小姐也會陪妳回家，同事們會幫妳辦喪事的，不用煩惱錢的事情，孩子……」

「我不相信、我不相信，這是騙人的、騙人的啦！」美麗大吼大叫著，接著就整個人暈了過去。

等到美麗醒來後，一睜開眼就看見醫生。

「打過鎮定劑，應該會好很多。」只聽見醫生這麼說。

基金會的許多同事都圍了上來。

大家什麼話都不敢說。

「美麗，妳要撐下去，阿嬤的後事，妳還要處理。」基金會的周小姐含著眼淚對美麗說。

美麗無奈的點了點頭。

在這之後，美麗好像行屍走肉一般。

許多人都在幫忙，但是美麗幾乎是無意識的辦完阿嬤的喪事。

已經有太多太多的人要她節哀。

但是她也記不得是哪些臉孔、哪些人說了什麼話。

喪禮過後，美麗一個人又回到了自己就讀的小學。

她還記得上次回來的時候，阿嬤在校園裡頭笑得那麼的燦爛。

「阿嬤的笑容好滿足啊！」美麗自言自語的說道。

「才隔沒多久，自己在這個世界上，真的是一個人了！」美麗在偌大的校園裡頭，一個人遊蕩著。

美麗變得沒有那麼愛哭了。

以前美麗總嫌自己是個愛哭鬼，但是自從阿嬤過世後，美麗發現自己真的連眼淚都不太想流了。

坦白說，美麗自己都不知道為什麼會變成這個樣子。

美麗走到學校操場旁邊。

她彷彿看到當年阿嬤推著她坐輪椅的情形。

還記得，美麗好想去跟小朋友玩，阿嬤總是阻擋她。

那個時候，美麗還記得自己跟阿嬤抱怨說：「阿嬤，為什麼啦！妳為什麼總是不讓我跟別的小朋友玩呢？」

美麗記得阿嬤總是用很爛的理由回答她這個問題。

「阿嬤覺得妳要多休息啊！」

「輪椅在操場上會壓出一條痕，不好啦！」

「妳去湊什麼熱鬧嗎？等到我們找到好醫生，把病醫好了，再痛痛快快的去玩，不是很好嗎？」

阿嬤不是腦筋很好的人，也沒讀過什麼書，不識字，國語有時候還聽不太懂，所以也編不出什麼很好的理由。

阿嬤連表達清楚自己的意思都有點困難。

可是今天，就在此時此刻……

美麗突然懂了阿嬤的用意。

「阿嬤是怕我跟別的小朋友玩，他們會嘲笑我……」

美麗自己一個人點點頭，自言自語的說著：「阿嬤怕那些小朋友嘲笑我沒有爸爸、沒有媽媽，怕他們嘲笑我跛腳……」

「阿嬤是想保護我啊！」

美麗嘆了好大的一口氣。

不知道為什麼，美麗就是流不出眼淚了。

她好像只剩下悔恨。

有太多沒有完成的事。

太多想要讓阿嬤享受到的事都來不及完成。

20

林國雄學長

美麗再回到了台北，並且在感情上接受了林國雄學長。

而且她黏國雄黏得很緊。

可以說是對他百依百順。

由於美麗賺錢的能力比國雄好，現在也沒有阿嬤要養了。出去約會，等於都是美麗掏腰包付費。

而系上最近發生一件事情。

美麗他們班上有一位韓國僑生，他跟他女朋友是班對，也就是兩位都是美麗的同學。

他們一起出去約會時，都是這位韓國僑生付費的。

有一天，這位女同學開口跟這位韓國僑生說要分手時。

隔天，這位女同學就收到了一大疊的發票，全都是他們兩個出去約會的消費項目。

韓國僑生要這位「前女友」照著發票清單，出一半的錢。

「好可怕啊！美麗，妳會不會這樣對我啊？」國雄開玩笑的問著。

「你為什麼要問這個問題呢？」美麗不解的反問國雄。

「你的意思是你想分手嗎？」她也怯生生的問著國雄。

「妳幹什麼這麼敏感啊？就是男女朋友在討論事情而已，分享彼此的看法啊！」國雄完全無法理解美麗為何如此緊張。

其實美麗和國雄的戀愛是談得很甜蜜。

系上許多人都非常羨慕他們。

特別是男同學們。

「妳跟人家多學著點，妳看，美麗對國雄多好啊？」許多男生都對自己的女朋友說這樣的話。

因為美麗常常買禮物送國雄，對他非常溫柔。

國雄說一，美麗絕對不會說二。

「這個林國雄是做了什麼好事？燒了什麼好香？竟然會把到這麼好的女朋友呢？」有女朋友的男同學羨慕死了。

沒有女朋友的男同學更是哈死了。

美麗和國雄幾乎是二十四小時黏在一起，一起聊天，一起工作，一起去看電影，連國雄喜歡看職棒，從來不看體育新聞的美麗，也會耐著性子陪他去棒球場，還買了許多職棒周邊商品送給國雄。

美麗只要一沒看見國雄，就會奪命連環Call，直到找到國雄為止。

「啊！真甜蜜啊！國雄！」國雄的哥兒們都羨慕死國雄，覺得這種電話，真是有夠甜蜜。

這時，只見到國雄露出一臉苦笑。

「不是早上才剛見過面嗎？怎麼下午就找得這麼緊呢？」國雄一臉不解的質問美麗。

「人家想知道你現在在哪裡嘛！」美麗撒嬌的說。

「我也跟妳報告過了啊！今天下午我會和同學在茶街玩撲克牌，好久沒有跟同學們聚會了，大家都說我重色忘友。」國雄無奈的說。

「那你就接個電話、回個電話給我會怎樣呢？」美麗有點生氣了。

「妳打來茶街那裡的店面，一家一家打，人家都會廣播找我，這樣我很丟臉耶！」國雄耐著性子解釋給美麗聽。

「有什麼好丟臉的啊？女朋友黏得緊而已啊！」美麗氣嘟嘟的說著。

「我的美麗大小姐，妳總要給我一點喘息的空間吧！」國雄說道。

「你覺得我對你不夠好嗎？」美麗反問著。

「不是不夠好，是太好了，好到我快喘不過氣了……」國雄也有點氣上來了，講話有點大聲。

「你對我發火？」美麗不解的問道。

「我不是故意的，而是……」國雄一時之間不知道該如何措辭。

「而是什麼呢？你說清楚啊！」美麗大聲的問道。

「我不想說了！」國雄撇過頭去。

「為什麼話要說一半，你說清楚啊！」美麗還是不死心的追問。

「今天先到此為止，再講下去，我們只有大吵的份！」國雄掉頭就走。

「林國雄，你不要走，你把話說完啊！」美麗在後頭繼續追問著。

無奈，國雄就是頭轉回來一次都沒有。

回到基金會裡，美麗還是心神不寧的。

在辦公室裡拚命打電話，死命的探尋國雄在哪裡。

「美麗，我需要跟妳談談……」基金會的周小姐跟美麗說道。

「周姐，怎麼了？」

「妳看這份報導，妳完全寫錯了，我給妳的基本資料，妳都沒讀，胡亂寫一通，這是妳做事的水準嗎？」周小姐是美麗工作上的直屬主管，在工作上的要求也是滿嚴格的。

「本來阿嬤過世，我們都覺得妳交了個男朋友，對妳是件好事，讓妳感情上有個重心，不會那麼孤單，但是妳整個人愈來愈走樣了……」周小姐繼續嚴厲的說道，沒有給美麗留情面。

「周姐，我馬上重做，對不起……」美麗頭低到不能再低了。

「美麗，自從阿嬤過世後，我們都知道妳很難過，妳要不要找個心理諮商師談一下呢？」周姐問道。

「我很好的，周姐，不用。」美麗淡淡的說。

「真的嗎？妳都這樣說，孩子，我們都很擔心妳啊！」周姐苦口婆心的對美麗說著。

「我真的很好、很好、很好……不要替我擔心，我該做的事都會做好的，我馬上重寫這份報導，立刻就給妳。」

「唉……不要太為難自己……」周小姐就是死命的搖頭。

等到周小姐離開後，美麗一個人在辦公室裡。

「可能是我對國雄還不夠好，我對他的關心還不夠吧！一定是這樣……」美麗自言自語著，想到國雄對自己的態度，她又立刻拿起電話，打遍每一個可能找得到國雄的地方。

「我這麼愛國雄……」

「我這麼想瞭解他，對他更好……」

「可是他為什麼覺得喘不過氣來了呢？」

「但是我覺得我們在一起根本還不夠啊！」

美麗在狂打電話的同時，自己也在心裡跟自己說著。

而且隨著國雄沒有接到他的電話，美麗更想到了：「國雄現在在跟誰說話呢？是哪個女人呢？」

「國雄現在是和誰出去了呢？」

「以後他跟別人出去，對方的電話我一定要有，這樣才能隨時找到國雄的人！」美麗在心裡這樣想著。

21

全然屬於

第二天，美麗終於遇到了國雄。

結果國雄一反常態的先開口說話了。

「能不能拜託妳，不要這樣連環Call了，好嗎？我的大小姐。」國雄說這話時，還帶了滿臉不耐煩的表情。

「你就不能讓我安心一點嗎？我這麼愛你！」美麗驚惶失措的說著。

「妳根本不是愛我，妳只是在意我有沒有其他的女朋友。」國雄大聲的對美麗吼著。

「你怎麼可以這麼說呢？」美麗不解的反問國雄。

「我拜託你不要管我了，好不好！」國雄氣呼呼的說著。

「啪！」美麗狠狠的一巴掌打到國雄的臉頰上。

這一巴掌揮出去的時候，美麗自己傻了眼。

連被打的國雄都愣住了。

「夠了！我真是受夠了！」國雄說完這句話，掉頭又要走了。

「國雄，不行……」美麗趕緊攔在國雄的前面。

「我發誓我再也不會傷害你！」

「我願意為你做任何事情，只求你不要離開我。」美麗在國雄的前面，苦苦的哀求著他。

「美麗，妳真的覺得我們還要繼續下去嗎？」

「妳不覺得我們這樣只是在互相傷害而已？」國雄痛苦的看著美麗。

「國雄，求求你……」當美麗這樣說時，國雄還是一臉要走的樣子。

「我已經沒有家了！我不能再沒有你啊！」美麗低聲下氣的說著，當她說出這話時，國雄也心軟了。

「唉！」國雄嘆了很大的一口氣。

「我願意改、我願意改……」美麗就是不斷的重複著這句話。

而國雄只是滿臉不知如何是好的表情。

國雄是留了下來。

可是美麗卻不知道為什麼，只要一不知道國雄去哪裡了，她就會慌亂不安、心亂如麻，然後又拚命的狂打電話。

最後，國雄真的受不了了，跟美麗提出分手。

「我很想幫妳，美麗……」國雄這麼說。

「但是我不知道該怎麼幫，只有讓自己愈來愈痛苦，而妳跟我在一起也不快樂，我們分了吧！」國雄對美麗說了這一番話。

當時，美麗和國雄在系上的聯誼室，整個教室只有他們兩個人。

「沒有辦法挽回了嗎？」美麗問著國雄。

「這樣的場景，已經不知道多少次，只是一直重複，沒有解決問題，我真的覺得繼續下去，對妳，對我，都是一種折磨。放過我，也放過妳自己吧！美麗！算我求妳！」國雄淡然的說著。

「就這樣了！妳要保重啊！」國雄對美麗這樣說後，就往教室外面走了出去。

因為國雄的表情和平時不太一樣。

之前當國雄提出分開時，美麗只要提到她連家都沒有了，國雄的臉上就會浮現出不捨的表情。

但是，今天，國雄滿臉就是「煩不勝煩」的模樣，美麗知道，怎麼挽留都挽留不住國雄了。

「難道我只要個全然屬於我的人，連這樣小小的要求，都不行嗎？」美麗心裡有著很深的苦毒。

這個疑問、這種痛苦，讓她快要窒息了。

正好她坐著的桌子前面，有一把美工刀。

美麗就拿著那把美工刀，朝手腕劃了下去。

鮮血湧出的那一刻。

那種肉體的痛苦，讓她稍微可以忘記心裡的痛苦。

而且她有一種詭異的寧靜感。

「啊！救命啊！」這個時候，有個系上的女同學進了系聯誼室，看到滿手是血的美麗，嚇得驚聲尖叫了起來。

頓時，一大堆同學都進了教室，看到美麗血淋淋的模樣，趕緊把她送到學校的保健室去止血。

系上的輿論一面倒的怪罪國雄。

「一定是他劈腿，讓美麗傷心欲絕！」

「美麗對他那麼好，他還不懂得珍惜！」

「他以為他自己是誰啊？想追美麗的男人，有一卡車，他少在那裡得了便宜還賣乖！」

這樣的耳語在整個系上不斷的流傳著。

國雄從來也沒有辯駁過，只是默默的承受，並且在學期結束後，就立即考轉學考，轉到別間學校去了。

基金會的同事們，一直不斷的要美麗尋找專業的幫助。

「美麗，我們有長期合作的諮商師，妳真的可以跟他談談！」執行長看到美麗的模樣，不捨的跟她說。

「執行長，謝謝你，我很好，真的很好，這件事已經過去了啦！」美麗還是不肯找人好好談談。

「可是……」執行長欲言又止的。

「真的，我可以的。」美麗還是堅持著原來的做法。

「那麼，手的傷……」執行長的話還沒說完，美麗就打斷了他。

「我會穿長袖蓋著，沒關係的。」美麗淡淡的說。

而國雄離開之後，狂追美麗的對象從來沒有停過。

「可能美麗對國雄的好，傳出口碑吧！」系上的同學都這麼笑說。

「而且她對國雄，簡直就是完美女朋友的代表！」

「是啊！她人又長得漂亮！」

「娶回家，她沒有爸爸、沒有媽媽，孤家寡人一個，完全沒有家累！」有男同學這樣戲稱。

「夠了！這是什麼理由啊！」說這話的男同學被其他的女同學打了一拳。

執行長又要扮演起「老丈人」的角色接起電話。

尤其之前一段戀情，美麗有著自殘的狀況。

這回全基金會的人更謹慎了。

「要找美麗，好啊！要先過我這一關！」執行長在電話上還會撂下這種話。

「人要來我們基金會看過才行！」執行長這麼跟其他同事說著。

大家雖然嘻嘻哈哈的說，但是對於美麗的狀況，都十分的緊張。

「唉！」執行長嘆氣說道。

「我們是很心疼，但是這個人生是她的，除非她自己想通，我們在旁邊的人能怎麼辦呢？」

聽到執行長這一番話，同事們也都只能點點頭。

22

護花使者

結果美麗跌破大家的眼鏡，選上了一位研究生學長。

蕭秀典學長是系上碩士班的學生。

他沒什麼不好，應該說他很好，風度翩翩，是個公認的才子。

唯一的缺點就是……

太愛女人了。

而且專愛外文系的女生。

曾經有同學的妹妹，剛當上外文系的新鮮人，上課沒幾天，就被一位自稱是新聞系的研究生搭訕。

聽說那位研究生穿著一件背心，背著一個知名高中的書包，邀這位同學的妹妹一塊去國家音樂廳聽音樂會。

聽到妹妹轉述後的新聞系學生，毫不猶豫的說道：「對，不要懷疑，那就是我們系上的研究生，一點都沒錯。」

還有同學，到中央圖書館查資料，中午的時候，到對面的國家劇院底下的餐廳吃飯，每次都會碰上這位學長。

而在學長旁邊的「妹」每次都不同。

但是……

這些「妹」都是如出一轍、同一種型的。都是留學生頭，氣質很好的模樣。怎麼說……

就是很像桂綸鎂那型的女生。

美麗雖然不是留著學生頭，不過可能長期畫畫的緣故，她的氣質的確也是學長會喜歡的那種藝文美女。

而美麗會跟蕭學長在一起，有一個很大的原因。

「我跟他在一起，真的覺得很輕鬆。」美麗這樣說道。

或許在短短的時間內，經歷過許多悲歡離合，美麗需要的只是輕鬆而已。

而且原本打算看好戲的同學們，可能也要跌破眼鏡。

因為蕭學長雖然有點公子哥兒脾氣，但是很喜歡濟弱扶傾，所以美麗的身世對他而言，更是想要呵護這位女子。

「天下事，真的是無奇不有！」系上學生的確對這對戀人嘖嘖稱奇，也逐漸看好他們會走到最後。

但是自從蕭學長帶美麗回家吃過一頓飯後，美麗整個情緒又開始高張了起來。

蕭學長讓美麗很有安全感。

但是蕭學長的媽媽，她那冷冷的眼神，卻讓美麗那種不踏實感，又有如狂風巨浪的席捲而來。

「你媽媽好像很瞧不起我！」美麗跟蕭學長說道。

「妳別多想啦！我媽媽瞧不起所有的人，又不單單針對妳一個。她連我爸爸都瞧不起啊！」蕭學長笑道。

「可是……她好像很瞧不起我的家世！」美麗憂心的說道。

「這又怎麼樣，是我要交女朋友，我瞧得起妳就好了！」蕭學長很有信心的跟美麗說著。

但是美麗的不安全感被挑起後，就很難平伏下去。

那種電話狂Call的現象又來了。

一次又一次之後，蕭學長也舉白旗了。

蕭學長最後，已經被逼到瘋狂的邊緣。

美麗常常找不到他人，會自己到蕭學長家的樓下直接等他。

最後，蕭學長以到俄羅斯留學的名義，跟美麗道別。

因為學長是在電話中跟美麗再見的，機票也買得非常快速，幾乎隔天就要搭上飛機先去俄國讀語文學校。

掛上電話。

美麗一個人在基金會裡冷冷的笑著。

「俄國，那麼遙遠的地方，為了躲我竟然要到俄國去，我又不是傻子……」美麗有點唏噓，蕭學長連當面跟她說再見的勇氣都沒有，竟然是透過電話告知她這個消息。

美麗那種憤恨不平的心態又翻攪起來。

她想著在基金會的桌上一定找得到美工刀，美麗一桌桌的找著，終於讓她給找著了。

當她又想要有自殘的舉動時，在她的身後傳來一個聲音……

「孩子啊！如果妳的阿嬤在妳身邊，守護著妳，看到妳這樣，她不知道會有多心疼啊！」

美麗稍微楞了一下。

然後，她放下刀子，卻開始狂哭起來。

自從阿嬤過世後，美麗第一次哭泣。

而且是呼天搶地的痛哭。

在美麗背後發出聲音的執行長，把美麗桌上的刀子收了起來，也讓美麗趴在桌上，好好的痛哭了一場。

「哭吧！孩子！好好的哭吧！我們知道妳早就想好好的痛哭一場了！」執行長眼眶紅著說著。

等到美麗哭得差不多時，執行長才又說道：「孩子，如果妳沒有意願跟我們一起相信上帝的愛，也讓妳自己選擇專業的幫助，好嗎？」

美麗哭著點點頭。

從她這兩段戀情，她真的看見自己有問題的地方。

她願意承認自己有軟弱需要幫助的一面。

這個兒童基金會，在許多協助的個案上，都跟另外一個心理諮商的基金會有長期合作。

於是執行長他們安排了一位女性的資深諮商師，在對方的基金會跟美麗協談。

「我也只是想要一個完全屬於我的人，這樣有什麼不對嗎？」美麗不斷的說著這句話。

看到美麗手腕上的疤痕，諮商師也不捨的問道：「不會覺得痛嗎？」

美麗淡淡的說著：「讓人無法忍受的是心痛啊！」

「妳不要跟我說什麼要珍惜生命的話，或者下地獄之類的譴責，我這輩子所承受過的事情，跟地獄有什麼兩樣呢？」美麗憤怒的問著。

「我知道妳很憤怒，來，再多說一點！」諮商師接納的說著。

「我根本不相信有上帝，執行長他們沒有受過我所受的苦，他們都過得很好，當然相信上帝是愛他們的……」

「可是我就這麼個小小的心願，希望能夠好好讀書、有份好工作，能夠讓阿嬤過一點好日子，這麼個小小的心願，上帝都不願意幫忙……」

結果，一個相信上帝的基金會，裡面有位受助兒童，現在坐在他們基金會裡工作，卻對上帝充滿了怨恨。

她沒有其他人要怨，她真的只衝著上帝怨恨來著。

23

大蠟筆

這樣的協談基本上不是一蹴可幾的。

美麗和諮詢師也需要一段時間培養信任。

在諮詢室裡有一盒大蠟筆，因為很多諮詢有時候會要被諮商者用畫的方式來表達，美麗拿起蠟筆順手就畫了起來。

「妳很喜歡畫畫嗎？」諮商師寶莉姐問起。

「是啊！」美麗順道跟寶莉姐說起所有有關畫畫的往事。

「妳很久沒畫了嗎？」寶莉姐探詢著。

「從阿嬤過世後，就再也沒畫過了！」美麗答道。

「或許妳可以嘗試再拿起畫筆畫畫看，會讓妳有新的發現。」寶莉姐這麼建議著。

剛好兒童基金會裡頭有個受助兒童，是個受虐兒，從小遭受家暴，她的夢想就是能夠當一天的公主也好。

「這就要靠我們美麗了！」執行長笑咪咪的說著，一臉有著什麼祕密武器的模樣。

「是啊！」周小姐還愛現，拿出她那一幅公主畫來獻寶。

於是，美麗和這個受助童小梅，約好了在基金會裡頭畫畫。

大概太久沒畫了，剛開始，美麗只是對著小梅和畫紙發呆。

「美麗姊姊，是我太不像公主了吧！讓妳沒辦法畫出來，是不是這樣？」小梅難過的說著。

「不是啦！是美麗姊姊太久沒畫了，那種畫畫的手感和感覺抓不回來，給我一點點時間，好嗎？小梅妹妹。」美麗說道。

「美麗姊姊願意幫我畫畫，我已經非常開心了，我們慢慢來就好！」小梅感謝的說著。

美麗還走訪了一趟當年前去治療的教學級醫院。

她一個人在川堂旁的樓梯待著，腦袋中浮現出許多當年的畫面。

於是，一個個溫暖的畫面又跳了出來。

美麗看到警察叔叔停下車來問她怎麼一個人在路上。

她看到了基金會的李小姐帶著主治大夫來診斷她的病情。

看到在醫院知道自己可以站起來的雀躍。

還有病童和媽媽收到公主畫時的興奮、感激之情。

這裡頭也有太多阿嬤的畫面。

是阿嬤的滿心關愛、滿意的眼神，讓美麗知道了如何畫畫。

美麗的心，又有了那種溫暖起來……

「今天自己能夠站著，都已經值得感激了！」美麗自言自語的說道。

她一個人在樓梯扶手，一步一步慢慢的走著。

揣摩當年自己走路的心情。

當年的自己覺得，只要能夠站起來，就已經擁有全世界了！

「曾幾何時，自己對什麼事都看不順眼了呢？」美麗這樣的問著自己。

「原來自己是缺愛啊！」美麗笑著說。

而且這個「缺愛」，是美麗自己以為的。

「是我自己把愛狹窄到，只有國雄學長、秀典學長全心全意在我的身上，隨傳隨到，只有他們像阿嬤那樣……二十四小時的綁在我身邊，那才是愛啊！」美麗終於看到了這點。

「生命真的很奇妙啊！」美麗這樣想著。

當感覺有人愛你的時候，生命好像充滿了陽光，看什麼都是甜蜜的。

而當覺得不被愛的時候，那種失落與痛苦，又好像人世間完全不值得留戀。

「其實……愛一直都在！」美麗終於發現了這點。

一個個關愛的眼神，不僅僅是阿嬤，都在美麗的眼前出現。

執行長像個老爸一樣關愛的眼神。

同學們擔心自己撐不過去的愛的眼神。

基金會的同事們一直鼓勵著自己的眼神，希望美麗更好的眼神。

甚至那兩個倒楣鬼……

國雄和秀典。

在美麗搞不清楚自己的時候，在他們能力所及的範圍內，也給了那一份他們給得出的愛。

「卻還要被我嚇個半死！」美麗自己想到這裡都覺得好笑了起來。

「人家沒有負我，是我嚇到人家了！」美麗心裡想著。

從醫院回去後，美麗就約了小梅來畫畫。

很快的，小梅的公主畫就完成了。

「謝謝美麗姊姊，謝謝妳，謝謝妳……」小梅滿眼眶都是感動的淚水。

美麗還自掏腰包，幫小梅把那幅畫裱了起來，讓小梅收藏。

「謝謝妳……」小梅感動到無言以對。

「別這樣說，我覺得我反倒是要感謝妳，在畫妳這張畫的時候，又讓我重新找到了自己。」美麗有感而發的這麼說。

小梅還小，她無法瞭解這點。

「小梅有了那幅畫之後，對自己的自我形象整個提升了，美麗，妳知道嗎？」執行長跟美麗說道。

「小梅比較能用正面的角度看待自己，而不是看自己是個受害者了！」執行長說起幫助小梅的近況。

「我是真的很謝謝有這個機緣，阿嬤過世後，本來以為我自己已經失去畫畫的能力了……」美麗淡然的說道。

「怎麼會呢？」執行長問起。

「我覺得那個愛我的人走了，我失去了那雙用愛看人的眼睛，我就畫不出來了！我本來是這樣想的。」美麗解釋道。

「現在那個能力又回來了，是嗎？」執行長開心的問著。

「是啊！謝謝執行長，謝謝基金會的同事們！」美麗感動的說著。

「謝我們幹什麼？我們又沒有幫妳畫畫，每一筆都是妳自己畫出來的啊！」執行長拍拍美麗。

「是你們讓我知道，愛……原來一直都在的，這才是我能夠畫畫的原動力！」美麗說道。

「聽到妳這樣說，我真的很高興，孩子，妳長大了！相信阿嬤看到妳這樣，她也會非常高興的！」執行長的眼睛又有點溼潤了起來。

執行長把眼鏡摘下來擦了一下。

「我還有一件事很高興……」執行長繼續說道。

「什麼事啊？」美麗反問著。

「妳比較安心下來後，就不會再有那種奪命連環Call，這樣基金會的電話費也會省下許多，要不然，我一直覺得對於那些捐助人很不好意思，白白花了這麼多的電話費！」

聽到這裡，美麗和執行長相視而笑。

美麗的笑容裡面還有一抹不好意思。

24

莫名其妙的來信

「後來，我就順利的大學畢業，並且真的如願考上大報社的記者，分發到自己的老家當起社會記者。」

「我是老家、台北兩頭跑，因為還是會幫忙基金會的許多工作，這本來就是我想做的。」美麗說道。

「這樣真的很棒，才大學畢業，就可以做這麼多的事情了！」我真的很替美麗高興。

「呵呵！不過……」美麗淡淡的笑說。

「我到現在還不知道有沒有上帝，但是如果有的話，這個上帝好像老喜歡出難一點的考題給我！」美麗淡淡的笑中，夾雜著苦笑。

「發生什麼事了？」我緊張的問道。

「我收到一封醫院來的信函！」美麗說道。

「醫院寫信給妳做什麼啊？」我不解的問說。

「是啊！當時，我也覺得莫名其妙。」美麗說起這段往事。

嗯……正確的說，應該說是這段還在進行的事情。

過程還滿勁爆的。

◆

就在美麗工作正在起步，基金會的事情也參與愈來愈多時。有一天，她回到老家，發現了一封醫院寄來的信件。

「簡直就是莫名其妙！為什麼要找我？」美麗看了那封信後，整個人就是一肚子火可以形容。

「什麼玩意嗎？」她根本理都不想理那封信。結果那個醫院的人竟然打到兒童基金會去。

「美麗，妳知道這件事嗎？」基金會的同事問她。

「有啊！我在老家有收到對方的信件，還說什麼不處理就要採取法律行動，為什麼要找我呢？」美麗憤恨不平的說道。

「什麼事啊？」執行長聽到他們的談話，過來問著。

「美麗的媽媽現在在醫院，醫院的人打電話來找美麗，棄而不捨的打了好幾次了呢……」同事跟執行長解釋道。

「那個從來都沒回來看過美麗的媽媽嗎？」執行長問著。

「是，就是那個女人。」美麗沒好氣的說。

「她怎麼了？」執行長小心翼翼的反問。

「根據醫院的信，社工人員是寫說，她中風了，神智也不算是太清楚。」美麗冷冷的解釋著。

「她離開家之後，沒有再組織家庭嗎？」執行長測度著。

「信上說她只有同居，沒有婚姻關係。也不知道她的同居人到底怎麼樣，反正那個女人是在醫院，沒人管她，所以醫院才來找我。」美麗連說這個，她都嫌煩。而且絕口不說「媽」這個字眼。

「那……」執行長有點猶豫的說著。

「怎麼樣？」美麗不解執行長在緊張什麼。

「依照我國的刑法，是有所謂的遺棄罪，直系的女兒、兒子對於父母是有撫養之義務……」執行長解釋道。

「這種法律公平嗎？」

「可是她從來沒有來看過美麗啊！」同事們七嘴八舌的發表意見。

「因為有這條刑法的規定，所以醫院的社工人員才會找美麗，如果美麗相應不理，他們可以透過當地的社會局提報，檢方可以用遺棄罪起訴美麗……」

「告就告啊！」美麗沒好氣的說。

「到時候在法院上，或許法官會依照美麗的實際狀況，酌情量刑，但是因為美麗現在有穩定的工作，法院還是可以強制執行令美麗擔起奉養的責任。」執行長繼續解釋清楚。

「可是最近不是有修法嗎？」有一位同事突然想了起來。

「最近是有修法，就是……」執行長嘆了很大的一口氣。

「對於一些家暴、亂倫、棄養的父母，子女是可以請求法官減輕扶養義務，或是完全不負扶養義務，但是……」執行長還是不住的嘆氣。

「但是什麼？」美麗沒好氣的問道。

「一定要走到這一步嗎？」執行長幽幽的問著。

「嗯……」美麗也沉默不語。

「我記得妳跟我說過，妳考上大學的時候，她曾經寄了封信給妳，不是嗎？孩子！」執行長反問著。

「可能是看我好了，才想來聯絡吧！突然想到自己有個考上好學校的女兒。」美麗說到這件事，還是非常生氣。

「唉……」執行長就是嘆了更大的一口氣。

「我是建議你去醫院看看情形，再做決定。就算要上法院，也要從長計議，不見得是一件簡單的事情。」執行長沒多說什麼，表示一切尊重美麗的決定。

◆

「結果妳去了醫院？」在這個兒童基金會裡面，我問著美麗。

「是啊！」美麗淡淡的說著。

「第一次看到媽媽？」

「是啊！」

「她認得妳嗎？」我問著。

「當然也認不出來，她只有看過小時候的我，我長大後，她從來沒看過我。」

美麗苦笑著說。

「而且她的狀況時好時壞，好的時候，我跟她說我是美麗，她就一直哭，跟我說她對不起我……」美麗說著當時的場景。

「但是跟我去的同事，和社工人員都說，媽媽跟我長得很像，不用解釋也知道彼此是母女！」

「妳可以接納她嗎？」我問著美麗。

「唉……」美麗的歎息聲裡頭，有著很深的哀怨。

「很難、很難！」美麗走到基金會的窗戶旁邊，往後看，也好像在透一口氣似的。

「心裡會覺得有很深的不公平。」美麗說道。

「又開始覺得不公平了？」我也笑說。

「阿嬤這麼辛苦的帶我長大，我最想好好奉養的其實是阿嬤，但是現在，竟然要面對需要奉養這個女人，我連叫她一聲媽，我都覺得很困難，這真的很難叫人接受！」

「每次當我想對這個女人好的時候，心裡就會覺得對不起阿嬤，也覺得對不起我自己！」美麗痛苦的說著。

「很多事情是不能用這樣比較的！」我雖然這樣說，但是如果事情發生在我身上，想必那又是另外一番光景了。

「我知道，可是這真的很難！」美麗解釋著。

是啊！有時候，去愛一個不可愛的人，比愛全世界的人都難啊！

看著眼前的美麗，我不禁在心裡說出這樣的旁白。

25

給自己一個機會

為了「這個女人」，美麗可以說是傷透腦筋了。

很想放手不管，把這件事丟給法院去煩。

「可是妳這樣做，妳自己能夠睡得著？可以好好面對自己嗎？」跟同事們討論時，有人這麼說。

「唉……」美麗心想，這就是最大的問題。

「做人真難囉！她可以沒有良心，但是妳有辦法沒有良心嗎？」基金會的周小姐也這麼說。

「美麗，妳要不試試看這樣做？」有同事建議說。

「怎麼做？」

「幫妳媽媽畫畫！」

「為什麼要畫她？」美麗不解的問道。

「每次妳畫一個人的時候，妳都會慢慢發現她好的那一面，或許妳試著畫畫妳媽媽，妳會有不同的發現。」同事這麼說著。

「喔……」美麗不置可否。

但是私底下回到自己老家時，美麗的確拿起畫筆試試看。

結果……

畫到滿垃圾桶都是撕掉的畫紙。

而且愈畫愈憤怒，簡直到了怒不可抑的地步。

「她對我又不好，為什麼我要照顧她呢？」

「她倒好，當年她可以拍拍屁股撒手不管，為什麼我就不行呢？為什麼？為什麼？」

「什麼爛法律，夠了，我就看法官要拿我怎麼樣？」美麗在心裡一直吶喊著這樣的話語。

美麗氣到要出去走走、散散心。

「美麗啊！」走在田邊的小路上，阿好伯母叫住美麗。

「阿好伯母，妳好。」美麗跟阿好伯母打招呼，心裡想著，連阿好伯母都比自己那個所謂的「媽媽」，照顧自己來得多。

不過阿好伯母的先生，近年來也是中風，讓阿好伯母累到了。

阿好伯母的子女，為了怕阿好伯母太累，替她請了外傭，常常看見那個外傭帶著阿好伯母的先生出來練習走路。

「我聽說妳媽媽的事了！」阿好伯母說道。

美麗心想，這就是鄉下地方，一點祕密都藏不住。

「是啊！」美麗悻悻然的說著。

「阿好伯母，妳對我……那個媽媽有印象嗎？」美麗說到「媽媽」這兩個字都還是卡卡的。

「有啊！妳長得漂亮，其實是遺傳到妳那個媽媽的！」阿好伯母這樣說。

「我對她完全沒有印象！」美麗冷冷的說道。

「其實我印象中，她很疼妳的！」阿好伯母回憶道。

「阿嬤從來沒有跟我說過她的事。」美麗不解的說著。

「台灣沒幾個婆婆跟媳婦是好的啦！妳阿嬤總是覺得妳爸爸之所以那麼喪志，妳那個媽媽是要負責任的！」

「難道不是嗎？」美麗反問。

「可是妳爸爸真的也很糟，自己工作不得志，常常喝酒喝到不行，回來還會對妳媽動手動腳的，我們住在你們隔壁，都聽得一清二楚的。」阿好伯母有點替美麗的媽媽抱不平。

「妳媽媽是會怨妳阿嬤，都不替她著想，也不會維護她，盡顧著自己的兒子，唉……這怎麼說呢？」阿好伯母繼續說道。

「只能說，都是苦命的女人，一個是兒子不爭氣，一個是先生不爭氣，結果兩個女人在那裡怪來怪去……」阿好伯母嘆氣的說。

「可是，她從來沒有回來看過我……」美麗說到這裡，還是有點怨恨。

「妳阿嬤也不要她回來啊！」阿好伯母「補充說明」。

「我看妳阿嬤都不會跟妳說到這些吧！，最早妳媽媽有回來看過妳，妳阿嬤還會拿掃把掃她出門呢！」

「阿嬤會這樣喔！」美麗睜大眼睛問說。

「是啊！妳阿嬤對孫是沒有話說，但是對媳婦可就不是這樣子囉！唉……不只她啦！全台灣的女人都差不多！阿好伯母自己也好不到那裡去，我對我媳婦的心也是不太一樣的啦！」阿好伯母自己虧了自己。

「不過，妳媽媽在妳小時候，真的是很疼妳的！妳感冒流鼻涕，都是她用嘴巴吸出來吐掉的！」

聽到阿好伯母這樣說，美麗做噁心狀。

「妳現在會覺得噁心，她可是真的這樣做，我親眼看到的，這都不是騙人的！」阿好伯母振振有詞的說道。

「阿好伯母，妳覺得我要接那個女人回來嗎？」美麗問著。

「我不知道，不過接回來妳自己有沒有能力照顧，這也要考慮到就是了，照顧一個病人是很累的。」阿好伯母說到自己的老公，也是怨聲載道的。

「唉……還是做不了決定。」美麗真的不知如何是好。

◆

「我應該把那個女人接回來照顧嗎？」美麗問著。

被問的執行長聽到，先是嘆了很大的一口氣，然後說：「我不知道我有沒有資格建議妳，畢竟這是一個大工程。」

「執行長，如果是你，你會怎麼做呢？」美麗問道。

「如果是我，我會把她接回來。」執行長說著。

「可是我接她回來，怎麼照顧呢？我還要工作，還有基金會的事情要忙。」美麗也怕自己根本沒能力照顧一個病人。

「可能沒辦法放她在家裡一個人，要先送到一些公立的療養院，我可以幫妳打聽看看，有沒有比較符合妳經濟狀況的。」執行長熱心的說。

「如果她慢慢好起來，妳再想想看，能否接她回家，有沒有這個可能性！」執行長說這話時，有一種特別的慈祥流露出來。

「我真的不明白，為什麼我要這麼做？」美麗有點氣自己。

「就當給自己一個機會，有個機會讓自己的生命更圓滿啊！孩子！」執行長跟美麗這樣說道。

「我不知道耶！」美麗淡淡的說。

「美麗，其實妳會來問我，表示妳心裡面，其實是很想接她回來的，要不然妳不會來問我的意見，我的意見一向都比較偏向接她回來。妳來找我，只是要加強這方面的想法而已啊！」執行長說這話時流露出調皮的神情。

「或許吧！」美麗還有有著疑惑。

「寬恕她吧！這樣妳的人生才會更寬廣！」執行長做出這樣的結論。

26

故事，還是會繼續下去

「結果呢？妳真的接妳媽出院了？」我問著美麗。

「是啊！執行長有幫忙我找了一間在老家附近、很不錯的療養院，而且錢還算好，在我的薪水範圍內。」美麗說著。

「不過……就是都沒辦法存錢了，錢都要很省著花。」說到這裡，美麗苦笑著，一臉無奈的樣子。

「真是個好孩子！」我對美麗說著。

美麗搖了搖頭。

「其實每個月底，錢不太夠花的時候，我多少會有點氣自己為什麼要這麼做！」美麗自己哈哈大笑起來。

「不錯了啦！可以做到這個程度。」

「妳媽的狀況呢？」我接著問著。

「說也奇怪，自從我去接她出院後，雖然是到療養院去，她倒是病情進步了許多……」美麗說到這裡，有種掩不住的喜悅。

「妳會常去看她嗎？」

「因為就在老家附近，我在家的話每天都會騎摩托車去看看她。」

「那妳叫她媽媽了嗎？」

「沒有……」美麗囁嚅著。

「她有要求嗎？」

「她一直都沒有要求什麼！她好像已經很滿足了。」美麗淡淡的說著。

「不過……」

「不過……我開始能夠替她畫畫像了。本來沒有發現這點，是在幫林小姐畫的時候，順道畫了畫，發現我畫得下去了。在療養院裡，如果太陽好的時候，我會替她畫畫……」

「哇！真令人感動！那個畫面好溫馨啊！」我讚嘆著說道。

美麗在幫我畫畫的同時，倒是說起了另外那個畫畫的場景。

◆

這天的天氣很好，美麗帶著「媽媽」到療養院的院子，讓她坐在那裡，讓美麗畫像。

「媽媽」失智的現象，很奇怪，不知道是不是療養院的飲食，營養比較充足，整個狀況改善了許多。

「媽媽」常會說出一些對的人、對的事。

只是她還是有中風後的現象，話會說得比較慢。

美麗幫她畫畫時，「媽媽」都靜默不語。

等到美麗把她推到畫的前面，雖然這幅畫還沒有完成，但是已經上了顏色。

「妳畫畫的線條很特別，跟妳爸爸很像。」「媽媽」突然迸出這麼一句話出來，讓美麗大為吃驚。

「媽媽」雖然說話說得比較慢，但還算是清楚。

美麗繼續問著「媽媽」：「我從來沒有看過爸爸的畫，以前問過阿嬤，阿嬤也說不清楚。」

「他有一次喝醉酒回來，瘋瘋癲癲的，自己把家裡的畫都燒掉了。」「媽媽」幽幽的說道。

「妳很喜歡爸爸的畫嗎？」美麗問著。

「喜歡啊！因為喜歡他的畫，才在一起的！」媽媽靦腆的說。

「謝謝妳為我所做的……」「媽媽」無預警的謝謝美麗。

「沒有啦！應該的……」美麗被「媽媽」這麼一謝，突然手足無措了起來。

「等我病好一點了！我會去台北，不會連累妳的……」媽媽跟美麗這樣說。

「妳不跟我回老家嗎？」美麗直覺反應的問道。

但是等到美麗自己說出口時，她都有點驚訝自己為何會這麼說。

美麗看到「媽媽」的眼眶已經充滿了淚水，應該是感動的淚水。

「我沒有盡到做母親的責任，現在還要拖累妳，我是真的感到很不好意思！」

「還要害妳為我花這個錢……」「媽媽」真的是哭到不行。

媽媽邊說邊哭著。

「還好啦！我自己有老家的房子住，不用房租，錢就省了很多，而且……」美麗跟「媽媽」解釋著。

「隔壁阿好伯母說，妳如果好一點就回去老家住。平常我上班的話，他們家的外傭也可以幫忙照顧妳，只要我貼一點點錢給她。她會把錢一部分給他們外傭，一部分阿好伯母自己當零用錢。喔！真是會算……」美麗說到這裡，都不禁佩服阿好伯母的「精算」。

聽著聽著，「媽媽」的眼眶更紅了。

「妳要快點好起來喔！回老家住的話，這樣我們就可以比較省囉！」美麗鼓勵著「媽媽」。

「我會的、我會的，我要趕緊好起來，幫美麗省錢，這樣美麗也可以多存點錢下來的……」「媽媽」自言自語的說道。

「還有一點……」美麗不知道該怎麼說，雖然有點躊躇，但還是說了出來：「我想有一天，我一定會叫妳媽媽的，但是請給我一點時間，我現在真的還沒有辦法，希望妳能理解。」

「謝謝，謝謝……」「媽媽」含著眼淚，沒停的說謝謝。

「要快快好起來喔！好好復健囉！」美麗最後送「媽媽」回房間時，繼續耳提面命的說著。

這個場景，讓美麗想起她自己不能走路的時候，阿嬤也老是對她這麼說。

騎車回到家，美麗一個人在老家裡，對著整個老家，輕輕的說著：「阿嬤，或許我沒有機會回報妳，卻回報了我的媽媽，妳不要怨我喔……」

「妳在天上，應該看得比在地上清楚，想必妳心裡也不再怨她，我相信妳跟我一樣，早就寬恕了她，我現在真的覺得輕鬆多了，也希望阿嬤能夠感受到這種不再怨恨人的輕鬆！」

家裡突然發出一聲巨響，把美麗嚇了一大跳。

美麗去找出那個聲響，才發現以前幫阿嬤畫的畫像，突然掉了下來。

說也奇怪，雖然掉在地上，玻璃、畫框都是好好的。

美麗把這幅畫掛上去後，笑笑的說著：「阿嬤，謝謝妳，我最瞭解妳了，妳是用這樣的方式跟我說妳同意我的看法，對吧！」

把畫掛妥後，美麗又回到客廳，看了看整個老家。

這間房子以前充滿了酒醉、暴力……種種不幸。自己曾經在這裡怨懟過許多次。

「可是，我終究靠著自己的力量，把這些詛咒化成了祝福！」

「這樣美好的故事，一定會繼續下去的……」

這個時候，房間內又有了個巨大的聲響。美麗笑笑的說道：「阿嬤，一定是妳又在贊成我了！」

◆

故事聽美麗說到這兒，平常這一類的事總讓我毛骨悚然。但是，說也奇怪，今天我卻感到異常的溫暖。我跟美麗說著：「是啊！一定是阿嬤同意妳的看法。」

我和美麗相視而笑。

是啊！美好的故事，是會繼續下去的啦！

培育文化讀者回函卡

謝謝您購買這本書。

為加強對讀者的服務，請您詳細填寫本卡，寄回培育文化，您即可收到出版訊息。

書　　名：**跟阿嬤一起上學的小女孩**

購買書店：__________市／縣____________書店

姓　　名：______________________

身分證字號：____________

電　　話：(私)__________(公)__________(傳真)____________

地　　址：□□□ ______________________________

E - mail ：______________________________

年　　齡：□20歲以下　□21歲～30歲　□31歲～40歲
□41歲～50歲　□51歲以上

性　　別：□男　□女　婚姻：□已婚　□單身

生　　日：______年____月____日

職　　業：□①學生　□②大眾傳播　□③自由業　□④資訊業
□⑤金融業　□⑥銷售業　□⑦服務業　□⑧教
□⑨軍警　□⑩製造業　□⑪公　□⑫其他

教育程度：□①國中以下（含國中）　□②高中　□③大專
□④研究所以上

職 位 別：□①在學中　□②負責人　□③高階主管　□④中級主管
□⑤一般職員　□⑥專業人員

職 務 別：□①學生　□②管理　□③行銷　□④創意
□⑤人事、行政　□⑥財務、法務　□⑦生產　□⑧工程

您從何得知本書消息？

□①逛書店　□②報紙廣告　□③親友介紹
□④出版書訊　□⑤廣告信函　□⑥廣播節目
□⑦電視節目　□⑧銷售人員推薦
□⑨其他

您通常以何種方式購書？

□①逛書店　□②劃撥郵購　□③電話訂購　□④傳真訂購
□⑤團體訂購　□⑥信用卡　□⑦DM　□⑧其他

看完本書後，您喜歡本書的理由？

□內容符合期待　□文筆流暢　□具實用性　□插圖
□版面、字體安排適當　□內容充實
□其他

看完本書後，您不喜歡本書的理由？

□內容符合期待　□文筆欠佳　□內容平平
□版面、圖片、字體不適合閱讀　□觀念保守
□其他______________________________

您的建議

____

____

剪下後請寄回「221台北縣汐止市大同路3段194號9樓之1培育文化收」

請用膠帶黏貼

請貼郵票

2 2 1-0 3

台北縣汐止市大同路三段194號9樓之1

培育文化事業有限公司

編輯部　收

請沿此虛線對折貼郵票，以膠帶黏貼後寄回，謝謝！

為你開啟知識之殿堂

培育文化

培育文化